文春文庫

源氏物語の女君たち

瀬戸内寂聴

文藝春秋

はじめに

瀬戸内寂聴現代語訳『源氏物語』（全十巻）の刊行が始まったのは、一九九六年（平成八年）十二月からであった。幸い好評で、様々なところで取りあげられ評判になった。

翌一九九七年（平成九年）にはNHKの教育テレビ「人間大学」で「源氏物語の女性たち」を全十二回放映してくれることになった。

四月から六月まで、三カ月間十二回、私ひとりで『源氏物語』を語らせてもらうことになった。私の『源氏物語』が続々刊行されている折柄、評判の高い番組に取りあげてもらったのは何より有難かった。ただしテキストを猛スピードで二百枚余り書き下ろしたのには、さすがに疲労困憊した。撮影は、源氏物語のゆかりの舞台に出かけていって、語るという方法なので、想像以上に大変だった。スタッフの方々が親身になってくれ、苦楽を共にしてくれたのが身にしみて有難かった。

この番組は評判がよく、面目をほどこした。その時のテキストを、源氏物語千年紀の二〇〇八年に、改装して出してもらえたのは、幸運なことである。

この『源氏物語の女君たち』を読み進めていただければ、『源氏物語』の面白さが倍加されるだろう。

源氏物語の女君たち◉目次

はじめに 3
第1章 紫式部について 11
第2章 桐壺の更衣と藤壺の女御 21
第3章 葵の上と紫の上 35
第4章 六条御息所 49
第5章 夕顔 63

第6章　空蟬と末摘花　77
第7章　朧月夜の君　92
第8章　明石の君と玉鬘　107
第9章　女三の宮　122
第10章　雲居の雁と落葉の宮　139
第11章　宇治の大君と中の君　154
第12章　浮舟　170

本書は、「ＮＨＫ人間大学」において一九九七年四月〜六月に放送された「源氏物語の女性たち」の番組テキストおよび、それをもとに作成したＮＨＫライブラリー『源氏物語の女性たち』（一九九七年十一月）、また『〈新装版〉源氏物語の女性たち』（二〇〇二年五月、いずれもＮＨＫ出版刊）を底本として一部加筆・修正した単行本『源氏物語の女君たち』（二〇〇八年八月　ＮＨＫ出版刊）の文庫版です。

編集協力　湯沢寿久、杉村静子
図版作成　小林惑名
ＤＴＰ制作　エヴリ・シンク

源氏物語の女君たち

第1章　紫式部について

『源氏物語』は、紫式部《むらさきしきぶ》が作者だということは、今ではすでに定説となっています。あまりに傑作なので、とても女の手で書ける筈《はず》がない。学問もよくでき、詩才もあった父藤原為時《ためとき》が書いたのだろうとか、いや、あれだけの大長篇はいろいろな人が書きついだ合作だろうとかいわれました。それでもそれから千年の歳月の流れる間に、『源氏物語』に対する気の遠くなるような数多くの研究書が書かれて、ようやく作者は紫式部となりました。

ところが紫式部は、生年月日も、実名もはっきりしません。角田《つのだ》文衞《ぶんえい》氏の、香子《こうこ》というのが実名だという推定説も出ましたが、一応まちがいなくわかっているのは、藤原為時という受領《ずりょう》の娘で、母は藤原為信《ためのぶ》の娘であるということ。二十七、八歳の時、藤原宣孝《のぶたか》という父親ほどの年齢の男と結婚する。夫との間に女の子を一人産み、夫とはわずか三年足らずの結婚生活の後、死別する。その後、時の最高権力者、藤原道長《みちなが》にスカウトされて、道長の娘の中宮彰子《ちゅうぐうしょうし》の女房《にょうぼう》として宮仕《みやづか》えし、『源氏物語』を書いた、ということくらいしかわかっておりません。

当時の女は、皇后や中宮でもない限り、ほとんど実名は伝わっていません。天皇の妃《きさき》たちは、公文書に名を記す機会があったので、その実名が伝わっているのです。

宮中に宮仕えした女房たちは、父や兄の官名にちなんで呼ばれました。紫式部も父が式部丞《しきぶのじょう》だったのと、宮仕えしてからは『源氏物語』が評判になったので、作中のヒロイン「紫《むらさき》の上《うえ》」の紫を、式部の頭にくっつけて紫式部になったのでしょう。

生年は、天延《てんえん》元年（九七三）前後、没年は長和《ちょうわ》三年（一〇一四）頃と推定されています。四十二、三年の生涯だったということになります。

短命のようですが、この時代は人の命は短くて、『源氏物語』の中の女たちも、ほとんど三十代や、中には二十代で死んでいます。四十《しじゅう》の賀《が》というお祝いがありましたが、これは今なら還暦祝いの感覚でしょう。王朝の年齢感覚は現代とは十年から二十年くらい差があったと見ていいでしょう。

父母の家系は揃って摂政太政大臣《せつしょうだいじょうだいじん》藤原良房《よしふさ》の兄弟を先祖にしている名門です。

しかし式部の父母の代では受領階級です。受領というのは地方官のことで、今の県知事のようなものです。受領になるのは都から田舎へ下ることになり、一流貴族からは外れます。その代わり、大国の受領になれば、賄賂が集まってきて裕福になります。階級としては、中の上というところでしょうか。父母の家系とも、代々文科系で歌人として認められた先祖を出しています。為時は、和歌よりも漢詩文に秀れていたようです。学者肌で世渡りは下手で、花山《かざん》天皇に仕《つか》えて式部丞、大丞を歴任しただけで、花山天皇の失脚と同時に官職を追われ、以来十年ほども官途に無縁で、失意の時を送っています。ちょうどこの間が紫式部の二十代に当たっているので、紫式部の結婚が遅れたとも考えられます。

為時の文才が生涯で一度だけ役に立ったことがありました。十年ほどの浪々の末、為時にもようやく春がめぐってきて、受領の任命が下りました。ところが任国は淡《あわ》路《じ》だったのです。国は、大国、上国、中国、下国の等級があって、淡路は下国だったので為時としては心外です。おとなしい為時も、悲憤のあまり詩を作って一条天皇に奏上しました。その詩は、

苦学の寒夜、紅涙《こうるい》袖を霑《うるほ》し、除目《ぢもく》の春朝、蒼天に眼《まなこ》あり

というものです。

「自分は寒夜も眠らず勉強してきたのに、こんな下国にやられるとは。私の努力や才能は何ひとつ認められていないので、今朝はあんまりだと泣いております」

ずいぶんめめしい詩ですが、若い一条天皇はそれをご覧になって、自分がこんな才能のある男を認められなかったのは、天子として不明だったと、食事も召し上がりません。その頃、ライバルの兄藤原道隆《みちたか》一家を陥れ、政治の実権を握ったばかりの藤原道長は、乳兄弟《ちきょうだい》の源国盛《くにもり》が大国の越前守《えちぜんのかみ》になったのにいいふくめて、為時と国をふりかえてしまったのです。その年の任官発表の除目の日から三日後という早業《はやわざ》です。天皇はこれですっかり御機嫌を直され、為時も思わぬ幸運を摑《つか》みました。

その頃、越前の国府《こくふ》は武生《たけふ》にありました。今の福井県武生市です。父の赴任に従って紫式部も一緒に武生へ行っています。

武生の淋しい紫式部に、しきりにラブレターをよこしたのが、後の夫になる藤原宣孝だったのです。

宣孝は地味な為時とは反対に、自己顕示欲の強い派手な性格でした。清少納言《せいしょうなごん》も『枕草子』に、宣孝が、清浄簡素な浄衣で参詣するのが通常の御嶽詣《みたけまい》りに、わざと、「世間並みの浄衣参詣したって面白くないし、何のたいした御利益があるものか、まさか御嶽の権現《ごんげん》さまが『必ず粗末な身なりで参詣せよ』などとはおっしゃるまい」

といって、紫の指貫《さしぬき》、白の狩衣《かりぎぬ》、山吹色のひどく派手な衣など着て、何という珍奇な恰好だと、人々を仰天《ぎょうてん》させたことを、嘲笑まじりに書いています。

宣孝も花山院の失脚によって、為時同様官職を失い、浪々としていたので、あせって自己宣伝をして存在を顕示したのでしょう。このPR作戦は功を奏し、たちまち筑前守《ちくぜんのかみ》に任ぜられています。為時のつつましい抗議と比べたら、宣孝のしたたかさや、派手な性格、また処世術のぬけ目なさが窺《うかが》われます。清少納言がこれを書いた時は、もう宣孝は死んでいましたから、清少納言は、はっきり宣孝の未亡人の紫式部を意識していたと思えます。少なくとも紫式部はそう受け取って、清少納言に生涯敵意を持ったのでしょう。

紫式部は当時父の同僚でもあった年寄りの宣孝と、なぜ二十七、八歳にもなって結婚したのかわかりません。ただ宣孝はこんな性質だったので相当な色好《いろごの》みで、女に不自由はしていなかったと思われます。もちろん、妻も三人いて、子供もそれぞれの妻にいました。

紫式部は武生に一年ほどいて、なぜか単身京へ帰り、宣孝と結婚したのです。

早婚が当たり前のその頃、紫式部が、なぜこんなに婚期を逸したのか疑問です。考えられるのは、よほど不器量だったか、魅力がなかったということでしょう。しかし宣孝が紫式部の十代から目をつけ気長に手中にしたことを思うと、器量はまあまあだったのでしょう。宮仕えしてからも、主人の道長が積極的にアプローチしたという話もあるくらいですから。いつの時代も男はあんまり頭のいい、インテリの女は煙たがります。馬鹿にされるのが業腹《ごうはら》なので、敬遠して恋文も出さないということになりましょう。また早く生母に死別していますので、親身に結婚の心配をしてくれる身内に恵まれなかったのも婚期を逸した原因になったと思います。その他に、父の為時が貧乏だったというのも大きな原因でしょう。当時の結婚は婿の経済的な面倒は、妻の実家が見る習慣だったからです。

天性の小説家

紫式部が生まれて育った邸の跡が今も京都に残っています。それは、角田文衛氏に考証され、今は定説となっています。京都市上京区寺町通広小路上ル、正確には上京区北之辺町三九七番地で、今は通称「盧山寺《ろざんじ》」、正確には「盧山天台講寺」の境内《けいだい》全域がその邸だったということです。盧山寺の本堂の背後に立てられた公卿邸風の建物がそれと想定されていて、案内を申し込めば見学させてくれます。廊下に面している白砂の敷きつめられた簡素な庭も、ここが紫式部邸跡と定められたから造られたようです。

紫式部は生涯に『源氏物語』のほかに、自作の歌を集めた『紫式部集』と、『紫式部日記』を書き残しています。『源氏物語』はフィクションですから、あくまで創り話です。歌集と日記は本人の本音を書いたものといえましょう。ところが、作家というものはなかなか一筋縄ではいかないものでして、自己告白らしく見せかけて、結構その中で自己韜晦《とうかい》をやって見せます。私はいろいろな人の伝記を書いていますので、いかに本人の書いた年譜や日記に嘘が多いかを発見しています。紫式部ほどの大天才ともなれば、その韜晦ぶりも超一級と考えていいでしょう。

歌は、私は専門ではありませんので大きな口はきけませんが、あんまりうまいとは感じません。それほど心うたれる歌に出あいません。ところが、これが『源氏物語』の中の歌となると、どうしてああも、いきいきと瑞々《みずみず》しくなってくるのでしょう。その人物の個性に応じて、なるほどと思うような書き分けをして、それがみな的《まと》を射ているのです。そういう点でも、紫式部は天性の小説家だと思います。

日記の方は、当然韜晦も自己顕示も気取りも見えますが、やはりかくしようのない本音や素顔の表情がちらちら覗《のぞ》いているのが面白いです。

日記の中には有名な、和泉式部や清少納言をこっぴどくこきおろした消息《しょうそく》文といわれる手紙体の文章がまじっていたりしますが、これもそういう形でわざと紫式部が書き入れていたのかもしれません。

　和泉式部については、歌はまあうまいけれど、歌の批評などできないし、何しろああ淫乱ではねとか、清少納言については、偉そうに漢文などすぐ口にするけれど、たいして勉強していないので、口にする漢文もまちがいだらけだ。行く末はつまらない運命になるだろうなど、ずいぶん意地悪なことを書いています。

　自分の邸についての描写もあります。

　風の涼しい夕暮れ、ひとりで紫式部は琴《こと》を弾いています。その部屋は、「あやしう黒みすすけたる曹司《ぞうし》に、箏《そう》の琴、和琴《わごん》しらべながら、心に入れて『雨降る日、琴柱《ことぢ》倒せ』などもいひはべらぬままに、塵つもりて、寄せたてたりし厨子《づし》と柱とのはざまに首さし入れつつ、琵琶《びわ》も左右に立ててはべり」

　式部の部屋は見苦しく黒ずみすすけていて、箏の琴（十三絃）や和琴（六絃）が絃を張ったまま塵を積もらせて戸棚に立てかけてある。その厨子と柱の間には琵琶も左右に立ててあるというもので、この時代の公卿邸の部屋の調度や飾りつけがよくわかります。またこの部屋には大きな厨子が一対あって、その片方の棚いっぱいに古い歌の本や物語の類《たぐい》がしみに喰われたまま積んであり、もう一方の厨子には漢籍が大切に重ねられているとも書かれています。

　紫式部はここで生まれ育ったばかりか、結婚後もここに住み、宣孝を通わせていたのでしょう。この当時の結婚は通い婚で夫が妻の家に通ってくる習慣でした。また、二人の間に生まれた女の子賢子《けんし》もこの邸で産んだことでしょう。もしかしたら、死もまたここで迎えたかもしれません。

この家については『源氏物語』の注釈書『河海抄《かかいしょう》』（巻第一）に、「旧跡は正親町《おほぎまち》以南、京極西頬《にしつら》、今東北院向也。此院は上東門院御所の跡也」とあるのが、唯一の記事です。正親町小路の南で、東《ひがし》京極大路の西に面していて、今の東北院の向かいにある。この院は上東門院御所の跡だということです。

今の廬山寺の通りをへだてた向かいは昔の土御門殿《つちみかどの》のあったところです。道長の邸で、中宮彰子の里邸《さとやしき》です。上東門院は、中宮彰子の院号だから、上東門院御所の跡といったのでしょう。

このあたりは式部の曾祖父に当たる堤中納言《つつみちゅうなごん》藤原兼輔《かねすけ》の邸宅跡といわれています。兼輔は『古今集』はじめ勅撰集に多くの歌を採《と》られた有名な歌人でした。またこのあたりは平安時代には「中川のわたり」と呼ばれていた閑静なところで、別荘などが好んで建てられた土地柄だったようです。わたりはほとりということでしょう。『源氏物語』には、この中川のわたりの家が、「帚木《ははきぎ》」「空蟬《うつせみ》」の舞台として使われています。

作家は自分の住んだ土地や旅した土地を小説に使います。行ったこともない土地を作品の中に使う作家は信用できません。

紫式部は日記の中で、自分は幼い時からとても賢くて、弟（兄との説もある）の惟規《のぶのり》が父に漢文を教わっている時、横に座って聞いていて、弟は覚えが悪いのに自分はよく覚えたから、父が「惜しいなあ、お前が男だったらよかったのに」と嘆いたと書いています。これは明らかな自慢話です。そして成人してからは、漢字はよく読めたのに「一」という字も知らないふりをしたとも書いています。

紫式部は少女の頃からこの邸でおそらく物語を書いていたと私は思います。式部ほどの天才の才能は早くあらわれるもので、特に、芸術家の持って生まれた才能は「一」を知らないなどとかくしきれるものではありません。

作家はたいてい子供の頃から、作家になることを志しているものです。

第2章　桐壺の更衣と藤壺の女御

『源氏物語』は天皇を頂点とした王朝貴族社会が舞台の物語です。冒頭から、桐壺帝の後宮が描かれます。

「いづれの御時《おほむとき》にか、女御《にょうご》、更衣《かうい》あまたさぶらひたまひけるなかに、いとやむごとなき際《きは》にはあらぬが、すぐれて時めきたまふありけり」

という有名な書き出しから、『源氏物語』の中に数多く登場する女性たちの中で、第一番に登場するのが桐壺の更衣です。「いつの御代《みよ》のことでしたか、女御や更衣が賑々《にぎにぎ》しくお仕えしておりました帝の後宮に、それほど高貴な家柄の御出身ではないのに、帝に誰よりも愛されて、はなばなしく優遇されていらっしゃる更衣がありました」

と、私は訳しております。

紫式部はこの小説をあくまでフィクションとして書いています。物語の中の帝たちの名前に、歴史的実在の天皇、例えば宇多《うだ》天皇、朱雀院《すざくいん》、冷泉院《れいぜいいん》などの名が使われているので、何となく現実の歴史小説のような錯覚を起こしがちですが、あくまでこれは架空の小説なのです。したがって、ここに書かれた桐壺帝をはじめ、その子や孫の帝の後宮に起こった恋物語が、そのままあったなどとは考えないでいただきます。ただし、全くありえなかったとはいいきれません。

正史には絶対書き残せない宮廷の秘話が、小説の形を借りれば書けるということもあるからです。小説は、すべて創り物だと思いながら、よくできた小説ほど読者をぐいぐい虚構の世界へ誘いこんで、気がついたら、作中人物と一緒になって泣いたり笑ったりしている。

そういうものこそ名作なのですが、まさに『源氏物語』はそういう魅力を持っています。

『源氏物語』の最初の帖の「桐壺」という題は桐壺帝とも、その妃《きさき》の桐壺の更衣ともとれますが、あとあとの帖も、女の名前を題にしたものが多いので、ここも桐壺の更衣と思っていいでしょう。

更衣というのは後宮の女官の役名で、天皇の寝所に仕え、御召し物の着替えのお世話をするのが仕事だったのでしょう。その後、天皇の妃の名となります。平安時代は、後宮には皇后、中宮、女御がいて、その下に更衣がつづきます。女御は、内親王や、摂関、大臣家の姫がなります。皇后、中宮は同じ資格で、先に皇后がいれば、後から立后《りっこう》した人は中宮と呼ばれます。紫式部の仕えた女御彰子は、先に従姉《いとこ》妹の定子が入内《じゅだい》し皇后になっていたので、中宮となりました。皇后、中宮は、女御の中から選ばれます。女御を経ないとなれません。女御の下に更衣がつづきます。更衣は大納言以下の出身でした。

延喜《えんぎ》の御代には、女御が五人、更衣は十九人あったと伝わっています。妃たちの数が多いほど天皇の権力が強いということです。後宮という言葉も、その制度も中国の真似です。本場の中国には「後宮三千」という言葉があります。まさか三千人もいたら、皇帝も身がもたないでしょう。「白髪三千丈」の類《たぐい》の誇大表現としても、五十人や七十人はいたのでしょう。日本でも後宮に三十人くらいいたという天皇もありました。

天皇の常の御所の仁寿殿《じじゅうでん》や清涼殿《せいりょうでん》の北側後方にお妃たちの住む後宮がありました。七殿、五舎と呼ばれるその建物は、妃たちの身分によって与えられます。清涼殿に近いほど、そこに住むお妃たちの身分も高く帝寵《ていちょう》も厚かったようです。

天皇は子孫を増やし絶やさぬことも義務の一つですから、妃たちの多いのはむしろ喜ばしいことだったのです。

摂関級の高級貴族階級はいうまでもなく、納言以下の中流貴族も、さらに下級貴族でも野心家はみな、娘を後宮に入れたいという強い望みを抱いていました。幸運にも帝寵を得て、娘が帝の男の御子を産めば、自分は皇太子の祖父、やがては帝の祖父という最も強い立場の外戚《がいせき》になれるからです。それが彼等の抱く将来の最大の夢でした。

桐壺の更衣の父の大納言も、娘を入内させたいという切望を抱き、いまわの際《きわ》まで、娘を宮仕えさせるようにと遺言します。母は夫の遺言を守って娘を宮仕えさせたのでした。

宮仕えとは宮中に上がって帝や妃たちに仕えることです。宮中に奉公することです。この大納言の未亡人は聡明な人で教養も常識も具《そな》わっていましたので、しっかりした後見者のいない宮仕えが、どんなに不利で苦労するか識《し》っていました。それでも亡夫の遺言を守って、娘を宮中に入れたからには、他の妃たちにひけを取らないようにと、何かにつけて気をつかっていました。

ところが更衣となった娘は桐壺にお部屋をいただき、先に入内していた他の妃たちの誰よりも帝の寵愛を受けてしまったのです。

桐壺というのは漢名では淑景舎《しげいしゃ》で、後宮では東北の一番端にあります。殿や舎は正式には漢名がついています。承香殿《しょうきょうでん》、弘徽殿《こきでん》とか、飛香舎《ひぎょうしゃ》、淑景舎というふうです。舎には、和名もつけられていて、飛香舎は藤壺、淑景舎は桐壺というように呼ばれます。その和名は、局《つぼね》（部屋）の前にある庭、これを壺といいますが、壺に植えられている植物の名をつけます。桐壺には桐の木が、藤壺には藤が植えられているのです。

皇子の誕生と更衣の死

さて、淑景舎、桐壺は、清涼殿から一番遠い場所に当たります。更衣の身分が低いからそこをいただいたのです。ちなみに、どの妃たちよりも早く入内して、帝の第一皇子をすでに産んでいる女御は清涼殿に最も近い弘徽殿を与えられ、弘徽殿の女御と呼ばれています。この人は右大臣の長女で、右大臣という立派な後見者があるため、威張っていました。

帝は、どういう前世の因縁か、桐壺の更衣がいとしくてならず、溺愛してしまいました。帝と妃たちの関係は、昼間は帝が妃たちのお部屋へお出かけになって時間を過ごされることもありますが、夜は必ず清涼殿の夜御殿《よるのおとど》、つまりベッドルームへ妃を迎えます。毎晩、帝の夜のお伽《とぎ》に選ばれた妃だけが、この帝の寝室へ上がるわけです。後宮の妃たちの数が多いほど、われこそはという競争心で、妃たちの心は嫉妬に燃えます。

桐壺の更衣が帝の寵愛をひとり占めにして、毎晩のように帝の寝室に上がることが他の妃たちには許せません。猛烈な嫉妬のため、一斉攻撃に出て、更衣いじめがはじまりました。このいじめは現代の子供たちのいじめよりも他愛《たわい》ないもので、例えば、清涼殿へ上がる更衣の一行が通る廊下のあちこちにひどい仕掛けをするのです。原文では、

「打橋《うちはし》、渡殿《わたどの》のここかしこの道に、あやしきわざしつつ、御送り迎への人の衣《きぬ》の裾《すそ》、堪へがたく、まさなきことどもあり」

とあります。

つまり通り道の橋や廊下に汚い物などをまきちらして、更衣を送り迎えする女房たちの衣裳の裾が台なしになるというのです。当時はおまるを使っていましたので、その中のものをまいたりしたのでしょう。

また廊下の戸を、あちら側とこちら側から閉めて外から錠をおろし、一行を閉じこめてしまうというようなことです。

他愛ないけれど、露骨な憎悪むき出しの妨害やいじめに、もともと内気で腺病質

な桐壺の更衣は、苦に病んで、病気がちになります。まあ、ノイローゼから体をこわすといったことでしょう。

そうなると帝の更衣可愛さはかえっていやますばかりなのです。帝の愛情は相当常軌を逸していて、政《まつりごと》もそっちのけにして、昼まで寝室から出なかったり、更衣を部屋に帰さないで居つづけさせるというようなこともあり、溺愛ぶりは人々の目にあまって、このままでは、唐の玄宗《げんそう》皇帝と楊貴妃《ようきひ》の例のように、国が亡びるという不安を持ちました。

そのうち、更衣は帝との愛の結晶として皇子を産みました。帝はこの幼い皇子をも溺愛しますので、もしかしたらこの皇子が次の東宮に立つのではないかと噂になります。

この皇子が、物語の主人公光源氏です。生まれた時から光り輝くように美しかったので、誰いうとなく光の君というようになりました。光の君が三歳の時、母の更衣はついに病死してしまいました。光の君は母の顔も覚えていません。皇子は母方の祖母に育てられていましたが、その気丈な祖母も光の君が六つの時死んでしまいます。帝は皇子を不憫がり宮中に引き取り、自分の膝元で育てます。こういうことは例のないことなのですが、帝は頓着しません。

この桐壺帝はこのあたりまでは、実に感情的で、気持ちのコントロールのできない人のように見えます。桐壺の更衣の死後は悲嘆のあまりノイローゼになり、政治もかえりみず、他の妃たちには目もくれず、ただ亡き更衣を恋々と偲《しの》び、泣いているだけです。賢帝とはいえません。

藤壺の女御への憧れ

光の君は育つにつれ、天性の美貌にますます輝きを増し、学問も音楽も何でも超一流にずばぬけた才能をあらわします。更衣の死から七年がたち、光の君が十歳になった頃、帝は亡き更衣に瓜二つといわれる姫君を後宮に迎えました。今でいうそっくりさんのこの姫君は、先帝の忘れ形見でまだ十五歳でした。局は飛香舎、藤壺が与えられました。帝は桐壺の更衣の生まれ変わりのようなこの藤壺の女御に再び回春してすっかり若返り、政務もとりはじめます。この女御は先帝の内親王という最高の身分ですから、他の妃たちも文句のつけようがありません。

光の君は、誰からも藤壺の女御が、亡き母とそっくりだと教えられるまま、亡き母の俤《おもかげ》を若い藤壺の女御に重ねて、いつかその人を憧れ慕うようになりました。聡明で早熟な少年の胸に芽ばえた思慕はいつのまにか初恋に育ってゆきます。

それを助長するようなことを父の帝は不用意にもしていたのです。妃たちの部屋

桐壺の更衣と藤壺

源氏の母（桐壺の更衣）と義理の母（藤壺）。

母は源氏が三歳のときに亡くなってしまったので、その顔を覚えていない。後に後宮に迎えられた藤壺は亡き母とそっくりだと教えられ、いつしかその人を慕うようになる。

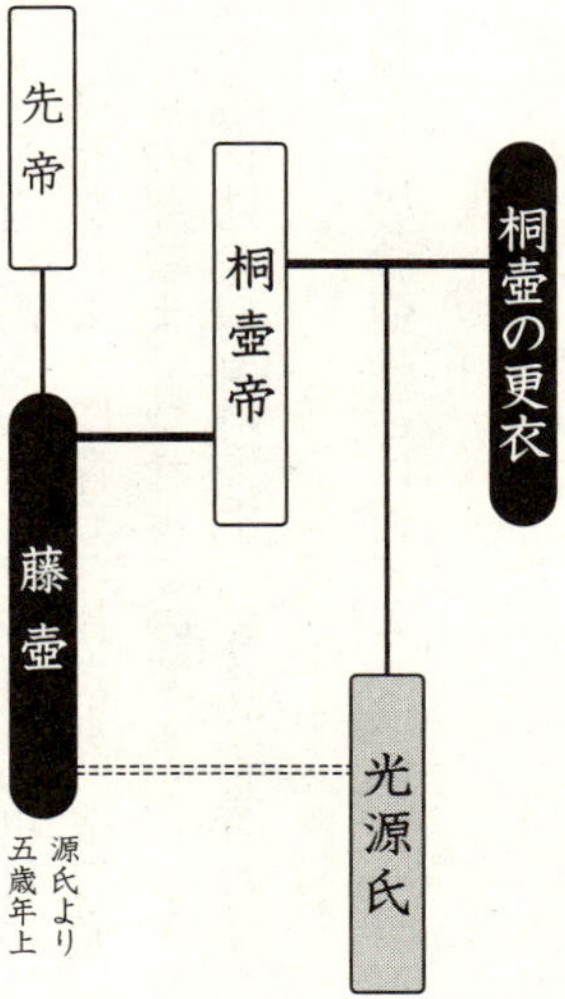

へ訪れる時、常にこの秘蔵っ子の皇子を一緒につれて行き、

「可愛がってやって下さい。母のない可哀そうな子なのですから」

などというのです。もちろん、一番たびたび訪れる藤壺の女御のところへもつれて行き、

「この子はほんとにあなたによく似ているでしょう。あなたがこの子の母にそっくりだから」

などとのんきなことをいいます。当時、高貴の女人は夫以外の男性には、たとえ兄弟でも、七歳くらいからは顔を見せないように育てられます。帝は光の君をまるで小さな子供のように思って妃たちの部屋までつれ歩くのですから、どうしたって、何かの拍子にちらちらと妃たちの顔を見てしまいます。ませた光の君はちゃんと妃たちの顔を覗《のぞ》いていて、

「みんなおばさんばっかりなのに、この藤壺の宮は何て若くて美しく、可愛らしいのだろう」

と胸をときめかしたのです。これは父帝《ちちみかど》の不用意とのんきさの招いた失態でした。

世間ではこの藤壺の女御が、光の君にひけを取らない美しさと君寵《くんちょう》なので、いつか「輝く日の宮」といって、光の君と並びほめそやすようになりました。

桐壺の更衣をいじめた張本人の弘徽殿の女御は、あの憎い更衣そっくりの藤壺の

女御に好意を持つ筈《はず》はありません。また憎い女の子供である光の君まで憎らしくてなりません。一時はこの皇子に、自分の子の一の宮が皇太子の位を奪われるのではないかと心配していましたが、さすがに帝も、その点だけは理性を取り戻し、予定通り、一の宮を皇太子に立てたので、まずは安心していたのです。

また帝は、光の君の将来を案じて、ひそかに占い師に皇子の前途を占わせていましたが、すぐれた観相家の高麗《こま》の人が来た時にも、内密に光の君を会わせ運命を占わせました。その高麗の占い師は、

「このお子は将来、帝王になる人相をしていらっしゃるが、帝王になると、国が乱れるでしょう。しかし臣下となって天下の政治を補佐する人とも見えません」

と観相したのです。日本の占い師も似たようなことをいいましたので、帝はしっかりした後見者もない皇子が親王の立場でいることはかえって不都合が多いだろうと、思いきって、この皇子を臣籍《しんせき》にして源氏の姓をお与えになりました。感情過多の桐壺帝にしては珍しい理性的な判断をしたものです。このためさすがの弘徽殿の女御も、ひとまずほっとしました。

また光の君が臣籍となり光源氏となったことは、われわれ読者にとっても幸いでした。なぜなら、親王の立場でいつづけますと、これからはじまる光源氏の、不羈《ふき》奔放《ほんぽう》な、手当たり次第の恋の遍歴は、立場上、不可能となります。臣下の自由が与

えられたおかげで、この絶世の美貌の、あらゆる才能と魅力をほしいままにした、光源氏の多彩極《きわ》まりない絢爛《けんらん》たる恋の数々の絵巻物を観ることができるのですから。

ここでも紫式部の抜け目ない布石の、見事さに感じ入ります。

「桐壺」の帖は、物語が相当進んでから後で書かれたというのが定説になっていますが、私は、やはりこの帖は、作者が、大河小説の冒頭に置き、最初に書いたのではないかと思っています。なぜなら、ここには後に起こるさまざまな事件が予言され、微妙にからまりながら物語が進行しているからです。そうした事件や運命が起こるたび、この「桐壺」の中に示された予言を読者に思い起こさせる周到な配慮がなされているからです。

ここで忘れてならないのは、藤壺の入内もまた彼女が望んだものではないということです。父帝が亡くなり、母后は可愛がっていたこの姫君を、桐壺帝から礼を尽くして所望された時、

「まあ、恐ろしい、弘徽殿の女御がひどく意地悪で、桐壺の更衣がおおっぴらにないがしろにされていじめられ、あんなむごい最期《さいご》を遂《と》げられたという、縁起でもない前例があるというのに」

とおじけづかれたのです。断りかねてぐずぐずしているうちに母后が亡くなられたので、若い姫宮は、兄の兵部卿《ひょうぶきょう》の宮やまわりの女房たちから、こんな心細い生活

をするよりは、帝があまで懇望《こんもう》なさるのだからとすすめられ、入内したのです。

この時、自分を守ってくれる両親を失ったうら若い姫宮に、自分の意志や、身を守る方策があったでしょうか。この当時は、たとえ内親王という最高の身分の女でも、結婚は自分の意志の外で決められるのでした。桐壺帝は入内したら、自分の娘たちと同じように扱って父代わりになって世話しようと誘いますから、少なくとも三十代後半か、四十前後と見ていいでしょう。姫宮にとっては実際父親のような年齢差だったと考えられます。

入内した藤壺の女御は帝に鍾愛《しょうあい》され、決して不幸せではありませんでした。けれども帝に対する女御の愛は、恋心ではなかったでしょう。めくるめく切ない初恋など知らないまま、うら若い女宮は、まだ蕾《つぼみ》の花を桐壺帝という時の最高権力者に摘みとられていったのです。

光源氏が藤壺の女御に対する憧れを、恋と自覚したのは、結婚してからでした。

十二歳になった時、光の君は元服《げんぷく》します。この時の加冠《かかん》の役は左大臣がつとめました。元服はみずらの可愛らしい童形《どうぎょう》から成人の髪型になり、普通、器量が見劣りするものですが、源氏の君はかえって輝きと魅力を増すばかりです。加冠の役は帝が左大臣に命じられたのですが、これは源氏の君の生涯を左大臣が後見役となって世話するようにという意味がありました。

その夜は、左大臣邸に行き、左大臣の姫君と結婚します。この姫君は桐壺帝の妹宮と左大臣の間に生まれた方で、十六歳になっていました。東宮から所望された時から左大臣は源氏の君の方にさし上げたかったので、その縁談を断っています。

当時の帝や高級貴族の結婚は、妻が年上の例が多いのです。たいてい婿殿は十歳とか十二歳前後ですから、花嫁の方が年長で何かと初夜のリードをするのです。時には花嫁の方が十四、五歳も年上のこともあります。といっても深窓の姫君ですから、閨房《けいぼう》のことなど知る筈がありません。すべては姫君の乳母や女房が、教えたようです。

左大臣の姫君は端麗《たんれい》で上品で申し分ないのですが、プライドが高く、屈折しています。権高《けんだか》で取りすましたこの姫君に、源氏の君はしっくりした愛情を、初夜から感じないのでした。

結婚の実態を知った時、はじめて源氏の君は、あの藤壺の女御のような方こそ、一生つれ添って一緒に暮らしたいと切実に思います。これが源氏の君が藤壺の女御を、恋の対象として、または理想の女性として心に自覚したはじめなのでした。

まさか、この義理の母子の二人の間に、ぬきさしならない不倫の関係が生まれようなど、読者には想像もつきません。光源氏の誕生前から元服まで、両親の悲恋を背景に、大河小説の幕がいよいよ切って落とされたのです。

第3章　葵の上と紫の上

源氏の君は左大臣の姫君葵の上と結婚しましたが、妻と一緒に住むわけではありません。

この時代の結婚は、一夫多妻で、夫は自分の家から妻の家に通う通い婚でした。妻の家では婿が決まると、その衣裳から、来た時の食事から、役人ならそこで必要な交際費や上役へのつけ届けまで一切合財面倒を見なければなりません。婿は家柄がよくて、将来出世する才覚がなければなりません。人柄も大切ですが、学問以外に趣味も身につけていないと馬鹿にされます。楽器の一つくらい演奏できるのは当然のたしなみでした。

高級貴族の姫君と呼ばれる娘は、不器量であろうが何であろうが、女ならいつでも後宮に上がれるよう、小さい時から教養を身につけさせられます。貴族の家庭では、子供は妻が産みっぱなしで乳も与えません。しかるべき乳母《めのと》を雇って、乳母が乳を与え、育てます。乳母は一人の場合も複数の場合もあります。乳母の他に姫君に仕える女房たちがいて、姫君を守っています。女房は世間に向かって姫君のPR係もつとめるわけです。

姫君の教養というのは、和歌をつくれること。『古今集』などの和歌を覚えること。それを書く字を習うこと。手紙はすべて和歌に托して書くのです。恋文は和歌です。その他、音楽を習得します。琴、琵琶《びわ》、笛などの楽器の一つには堪能でないといけません。香道などもわきまえていて、ブレンドの仕方も知っているのが教養が高いとされました。裁縫も染色も、一通り心得ていることです。

夫には必ず自分以外の妻や愛人がいるか、将来できるのですから、むやみに嫉妬が強いのもこまります。かといって、いくら夫が浮気しても、全く妬《や》かないのも、可愛げがありません。ほどほどにこんがり妬くのがいいとされていたようで、紫の上はこの妬き方が可愛らしくて魅力的だと作中の源氏にいわれています。

男たちは、女房のPRを頼りにして、どこそこのお邸の何番目の姫君が美しいとか魅力的だとの情報だけで、顔も見ないその女あてに恋文を届けます。それを見て、女房たちが、歌が下手だとか、字がまずいとか評定して、姫君の代筆をしてやんわり断りらしい歌を返します。それは一種の恋文のやりとりの約束事なのですから、断られたって男はめげてはなりません。また幾度も恋文を送るうち、女房たちが家柄も評判も調査して、まあ、よかろうということになれば、はじめて姫君当人に返歌を書かせます。

後は男は気のきいた女房を手なずけて、姫君の寝室へ案内させるわけです。将を射んと欲すれば馬を射よです。その場合手なずけるには、やはり今も昔も、ききめのあるのは賄賂です。その他に、男に才覚があれば、その女房にまず手をつけて自分の女にしてしまいます。そうなると女は弱いもので、男のいいなりに主人の姫君の寝室まで男の手引きをしてしまうのです。

ある晩、ふと気がつくと、姫君は自分のベッドの中に見知らぬ男がいるのを発見します。そうなればもう泣いてもわめいても誰も助けに来てくれません。手引きした女房の作戦で、その夜は姫君の寝室から遠い部屋に女房たちを退かせてあるからです。可哀そうに、姫君はそこで男に手ごめにされてしまいます。つまり、この時代の姫君は、ほとんどはじめは男にレイプされて愛がはじまるのです。

ベッドといいましたが、その頃、貴族の家では帳台《ちょうだい》に寝ていました。床から上がった脚のついた台で、上に布で掩《おお》いがついていました。御帳台《みちょうだい》と普通呼ばれています。天蓋《てんがい》つきの今のベッドのようなものです。

一応犯してしまえば、男は許されたことになります。その代わり、一つの約束事として、初夜から三日間は、雨が降ろうが槍が降ろうが、つづけて欠かさず女の許《もと》に通わなければなりません。

この三日間の約束事を守らないと、男は女と寝てみたものの、とても気に入らなかったということになるわけで、女は大変な屈辱を受けることになるのです。それだけを苦にして病気になって死ぬような、プライドの高い女さえ出てきます。

三日通いつめれば、もう親たちにもかくしておけず、女房が取りなしながら事実を訴えます。親はできてしまったことは仕方がないので、宴席を設けて世間に二人の結婚を披露します。それを所顕《ところあらわし》といいます。これで二人は晴れて夫婦になるわけです。これは一応恋愛結婚という形です。

しかし、貴族の社会では、親が娘の婿を選び結婚させるのが正常です。この場合も、婿の方にその気がなければ成立せず、なかなか難しいものです。たいてい、上級貴族の娘は、親が入内させる目的も持っていますから、めったに親が自分より身分の低い婿を選ぶという場合はないのです。

左大臣が、東宮からの所望を断って、娘を臣下に下った源氏の君と結婚させるということは、実に稀《まれ》なケースでした。東宮は将来、天皇です。東宮妃になることは、未来の皇后の座を約束されているのです。貴族の娘としてこれ以上の名誉なことはなかったのです。

それでも左大臣は、桐壺帝のお声がかりで源氏と娘を結婚させ、その後見役となることを引き受けています。これはこの時点で、やはり桐壺帝を何よりも喜ばす選択であったわけです。このことで桐壺帝に安心を与え、その見返りとして、左大臣として帝から絶大な信用を得て、恩義さえ感じさせる優位な立場に立つのでした。

物語の中では、そうした露骨な話は全く書かれていませんが、高潔な人格の左大臣にさえ、その程度の打算がなくては、この結婚を選ばなかったと思います。つまり葵の上も、父の政略結婚に利用されたということになりましょう。

素直に感情を表現できない正妻

葵の上はもちろん自分が東宮妃に望まれたことを識《し》っていたでしょう。東宮は源氏の君の腹ちがいの兄に当たります。葵の上にとってはどうせ自分の意志の伴わない結婚なら、兄でも弟でもいいわけで、東宮の方が分がよかったということでしょう。生まれつき最高貴族の姫君として、ちやほや扱われてきた葵の上は、人一倍プライドも高く、人の下にへりくだることなどしたこともなければ、思いつきもしません。

葵の上以上に、帝をはじめ逢うすべての人から愛され、かしずかれてきた源氏の君も、自分が最高だとうぬぼれています。そんな二人がしっくり打ちとけるわけはありません。

この結婚はお互いにとって不幸でした。

ところで私は葵の上という固有名詞を使って話していますが、物語の文中には、この名はありません。他の女たち、若紫とか紫の上とか、空蝉とか明石の君とか末摘花とか呼んでいるのは、みんな後世、読者の方でつけたニックネームです。

その女と源氏との歌のやりとりの中からとった名前が多いのです。前にも申しましたように、女房たちは父や兄の官職の名で呼ばれるのが普通でした。今では『源氏物語』に出てくる女性たちには名前がついていて、私たちはその名で呼んでいます。物語の中では、たいてい、姫君とか女君とか宮とかで、固有名詞はほとんど使いません。

葵の上は源氏との間に男の子を産みます。後の夕霧《ゆうぎり》です。この子も母の実家、左大臣邸で生まれ、そこで育てられます。葵の上は懐妊《しりよう》して、しきりに物《もの》の怪《け》に苦しめられます。物の怪とは、人にとり憑《つ》いて悩ます死霊、生霊《いきりよう》のようなもので、人を病気にし、殺すことさえあります。

当時は病気は大方物の怪のせいだと思い、加持祈禱《かじきとう》によってこれを調伏《ちょうぶく》し退散させました。貴族たちは比叡山《ひえいざん》から僧を招き、祈禱させました。祟《たた》りもまた、物の怪のせいと考えます。物の怪は依《よ》りましにのりうつり、名乗ったり恨み言をいって正体をあらわすのでした。

葵の上に憑いた物の怪は、源氏の愛人の一人、六条御息所《ろくじょうのみやすどころ》の生霊だろうと、まわりの人々は考えます。御息所は「みやすんどころ」ともいいます。天皇や東宮の妃の総称ですが、特に皇子や皇女を産んだ女御、更衣の尊称にもなりました。

六条御息所は、源氏のすでに数多い愛人の中でも、格別に身分が高く教養深い美女でした。前《さき》の皇太子の未亡人で、姫君を一人産んでいます。六条の里邸《さとやしき》に住んでいるのでこう呼ばれます。御息所は源氏の正妻である葵の上が懐妊したことを聞いて嫉妬して、物の怪になったのだというのです。人々にそう思わせるような車争いという事件があり、葵の上の家来が御息所に屈辱を与えていたからです。

どうしても相性の悪かった葵の上に、妊娠以来、源氏は急にやさしくなり、夫らしい愛が芽生えました。その時、源氏は妻の病床で、物の怪の正体をありありと見てしまいました。噂通り六条御息所、その人だったのです。冷めかけていた御息所への愛はますます冷却し、嫌悪さえ抱くようになります。葵の上は男の子を出産の後、急死してしまいます。

物の怪に殺されたと人々は信じて疑いません。

葵の上はまだ二十六歳、結婚生活は十年でした。その間、愛されない妻としての辛《つら》さを見せず、誇り高く自我を守り通した葵の上のような女は、今も多いのではないでしょうか。

なまじ教養があるため、素直に自分の感情を表現できない女。源氏は久しぶりで逢っても、嬉しそうな表情もしなければ可愛らしく甘えてもくれない葵の上に、どうしてそんなに冷たいのかと、しきりに責めていますが、原因は自分がつくっているることを認めません。結婚した時、すでに永遠の恋人の俤《おもかげ》を胸に抱いていた夫の心の秘密を、葵の上は女の本能の直感で感知していたのかもしれません。教養が邪魔をして可愛い女になれない悲哀は、現代の女性こそ共感されることが多いのではないでしょうか。

誘拐した少女

源氏は妻の死の直後、若い紫の上と結婚しています。紫の上は源氏が十八歳の春、病気を治すため、北山の老修験者《ろうしゅげんじゃ》のところへ加持祈禱を受けに行った時、発見した少女でした。その時まだ十歳だった少女は、幼女と呼ぶ方がふさわしいほどの稚《おさな》さで、籠の雀を女童《めのわらわ》の犬君《いぬき》という子が逃がしたといって泣きながら、祖母のところに走ってきます。外で覗き見していた源氏は、そのあどけない少女の、すでにあらわしている天稟《てんぴん》の美しさに目を見張ります。

最初の出逢いで、少女は奥の方から泣きながら、縁側近くにいる祖母の尼のところに走ってきます。頰《ほっぺ》を泣いて赤くこすった可愛らしさ。その子は立ったまま、

「雀の子を犬君が逃しつる。伏籠《ふせご》のうちに籠《こ》めたりつるものを」

と、さも残念そうに訴えます。籠に大切に入れておいたのに、犬君が籠を開けて雀の子を逃がしてしまったというのです。

尼にそんなに子供っぽくてはと、叱られている少女の神妙にしている顔つきを覗き見しながら、源氏はその顔が、「限りなう心を尽くしきこゆる人」にたいそう似ているので目が離せなくなります。「限りなく切なく恋い慕っている人」というのは藤壺《ふじつぼ》の女御のことなのです。源氏と藤壺の女御との間は、もうこの時すでに、父帝の目を盗んで越えてはならない関を越えてしまっていたのです。もちろん、それは絶対露見してはならぬ不倫の恋で、義母と継息子のいまわしい関係です。

この少女が藤壺の女御に似ているのも道理で、藤壺の女御の兄兵部卿《ひょうぶきょう》の宮の亡妻の娘だったのです。つまり二人は叔母と姪という血縁でした。

源氏は、この少女を祖母の尼の亡くなった後、父宮の目を盗んで、自分の邸二《に》

条院《じょうのいん》に誘拐してきます。その時少女の乳母の少納言もつれてきます。少女は若紫と呼ばれています。『伊勢物語』の初段の歌「春日野《かすがの》の若紫の摺衣《すりごろも》しのぶの乱れ限り知られず」からとった名前です。こういうふうに歌によって女の名をつけている例の一つです。

若紫は、はじめ怖がっていましたが、すぐ源氏に馴染《なじ》み、夜は抱かれて寝るようになります。もちろん、そうして寝ても二人の間に性的交渉はまだありません。源氏は若紫の機嫌をとり、人形遊びやお絵描きの相手までしてやりながら、自分の子供のように限りなく可愛がって育てます。気長にこの子を育て、理想の女性に仕上げてから、自分の妻にしたいと遠大な計画を立てるのでした。若いくせにロリータ趣味もあるようでした。

この噂はすぐ広まって、正妻葵の上の耳にも入ります。どうして噂が広まるかといえば、噂のもとはすべて女房の口からです。女房どうしで、他家の女房と縁戚関係などの者もあり、中には二つの邸をかけ持ちして仕えている者もあって、噂は広がるのです。噂はまるで若紫を魅力にあふれた成人の女のように仕立てます。

父の兵部卿の宮は自分の邸に引き取ろうと、今の妻とも話し合ってつれに行ったら、すでに行方不明になったというので仕方なくあきらめます。たぶん乳母が、継母の手に渡したくなくて、どこかへかくしたのだろうと想像します。

葵の上と紫の上

源氏の妻。葵の上は男の子を出産の後急死、結婚生活は十年だった。紫の上は、源氏が恋い慕う**藤壺の姪**。十歳の彼女を手許に引き取って理想の女性に育て上げ、葵の上の死後結婚した。

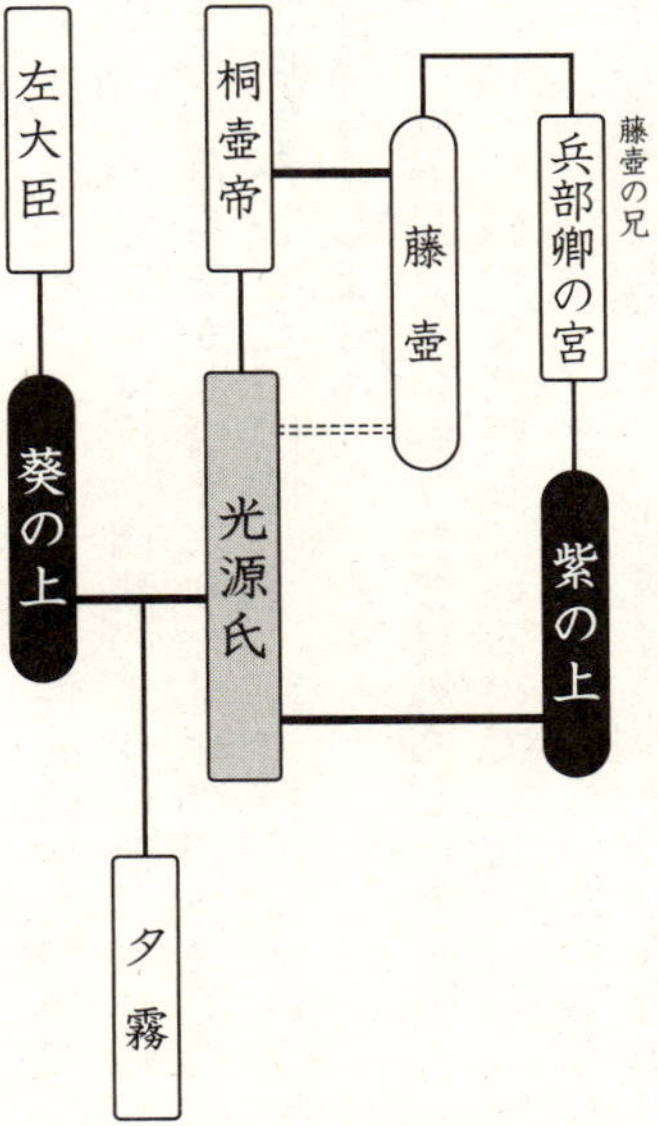

若紫から紫の上へ

こうして源氏の手許《てもと》で育った若紫は、天性の美質がいよいよ磨きあげられて、輝くような美しい女になりました。相変わらずあちらこちらの女の許に外泊する源氏を、可愛らしく引きとめるようなこともしはじめました。

源氏は正妻の死の喪の涙も乾かないうちに、若紫と性的関係をつけてしまいます。この場合もレイプしたといっていいでしょう。肉親のように信じきり頼りきって、毎晩添寝《そいね》してもらい、今まで一度もおかしなそぶりを見せなかった源氏に、心を許しきっていた若紫の驚きと恥ずかしさと、口惜しさ。紫式部はこういう場合、決して露骨な、または詳細な性描写をしません。

「男君はとく起きたまひて、女君はさらに起《お》きたまはぬあしたあり」

と書きます。いつも二人は一つ帳台で共寝《ともね》しているので、女房たちの中には、とっくにそういう関係になっているのだろうと思っている者もいたかもしれません。それが、ある朝、源氏だけが早く起きてきて、若紫はいつまでも帳台から出てこなかったというのです。女房たちは気分でもお悪いのかしらと心配します。若紫は昨夜の処女喪失のショックに打ちのめされていて、起きられないのです。

　ここにつれてこられてから、はや四年の歳月が過ぎ、若紫も十四歳になっています。初潮のあったのも、源氏が葵の上のお産や葬儀でほとんど二条院へ帰らなかった間のことでしょう。

「まさかあの人があんなことをするとは。男と女が睦《むつ》みあうとは、ああいう醜いいやなことをするのだったのか」

　若紫は自分の身の上に起こった新しい事態がのみこめず頭が混乱しきっています。初夜の経験は若紫にとっては、思い出すのもいやなけがらわしいことだったのです。

　そこへ源氏から、手紙が届きます。どうして今まで長い歳月、二人で寝ながら、何もなかったのだろう。もう二人は昨夜以来何の隔《へだ》てもなくぴったり結ばれてしまった、という歌を、戯《たわむ》れ書きのように書いてあります。それを見ても、源氏にはこんな下心がはじめからあったのかと若紫は口惜しくてなりません。

　性描写をはぶくだけ、読者の想像力はかきたてられます。そこに本当の洗練されたエロチシズムが漂うのです。

　源氏が様子を見にくると、若紫はいっそう夜具をひきかぶって体を固くしています。源氏が、

「どうしてあなたはわたしにこんなに冷たくするのですか」

といって、夜具を引きのけると、若紫は全身汗でびっしょり、額髪《ひたいがみ》も涙でしとど

に濡らしています。

それからは一日中そばにいて、源氏がどんなに機嫌をとっても若紫は返事もせずすねている様子が、源氏にはまた可愛くてたまらないようでした。

源氏はこの後、従者の惟光《これみつ》に命じて三日夜《みかよ》の餅《もち》の用意をさせます。それを見て乳母は、やはり、そういうことだったのかと気がつく場面があります。初夜から三日間男が通うと、三日夜の餅を食べるという習慣がありました。若紫は紫の上となり、源氏の正妻のような形で、生涯、源氏からどの女よりも愛され大切にされますが、この結婚は親に正式に承認され、所顕をしてもらっていない、いわば野合《やごう》のようなものですから、生涯、いざという時、肩身の狭い思いをさせられます。

後に源氏が四十を過ぎてから、内親王女三《おんなさん》の宮《みや》の降嫁《こうか》を受けるという事態が生じた時、この尋常でなかった結婚の仕方の屈辱を味わわされることになるのでした。

第4章　六条御息所

光源氏が十二歳で結婚して以来、十七歳になるまでのことは、『源氏物語』には書いてありません。

結婚する頃、亡き母桐壺の更衣の里邸だった二条の家を大改修して立派に造り、そこを自分の住まいとしました。二条院と呼ばれます。

宮中に宿直《とのい》するような時は、桐壺の更衣のいただいていた桐壺の局《つぼね》、すなわち淑景舎《しげいしゃ》を自分の部屋として常用していました。

第一帖「桐壺」の次にはいきなり「帚木《ははきぎ》」の帖へ飛び、ここの源氏はすでに十七歳になっています。しかも冒頭で、

「光源氏、光源氏などともてはやされ、その名だけはいかにも仰々しく華やかですけれど、実はあれこれ、世間からそしりをお受けになるようなしくじりも、少なくはなかったようでした。そのうえまた、こうした色恋沙汰の数々を、後の世までも語り伝えられて、軽々しい浮き名を流されるのではないかと、ご本人としては、つとめて秘密にされていた内緒の情事まで、あばきたて、語り伝えた人がいたとは、何とまあ、口さがないことでしょう」

とあり、十七歳の源氏が、すでにプレイボーイとして世間に取り沙汰されていたことがわかります。この物語は、源氏の生涯をよく識《し》っていた女房が人に話をするという形式をとっています。この冒頭などは、まさにその女房の語り口です。この時、光源氏の官職は近衛《このえ》の中将になっています。

結婚しても、正妻葵の上のいる左大臣の邸にはほとんど寄りつかないで、宮中にばかり出仕しています。

源氏はこまった性分を生まれつき持っていて、手軽な、すぐ手に入るような情事には興味が起こらず、みすみす苦労の種になるような障害の多い恋に燃えるという厄介な癖があると、すでにここで語り手に語らせるという方法を、紫式部は使っています。平たくいえば据膳《すえぜん》は食わぬ、無理な恋ほどしてみたいということです。前者を葵の上だと考えれば、源氏が妻としっくりいかなかったのは、相手のせいではなく、源氏自身の生まれつきの性癖のせいということです。また後者の無理な恋ほどの例は、父帝《ちちみかど》の後妻藤壺の女御ということになります。

藤壺といつ、どこで結ばれたかということは、どこにも書いてありません。ただし、「帚木」の帖で、ある梅雨の長雨の夜、物忌《ものい》みで宮中に籠っている源氏の宿直の部屋へ、親友の頭《とう》の中将《ちゅうじょう》と、粋人で恋の達者のつもりでいる左馬頭《ひだりのうまのかみ》と、藤式部《とうしきぶの》丞《じょう》の三人がやって来て、それぞれ自分の恋の経験談や恋愛論から、女の品定《しなさだ》めの話に花を咲かせます。世に有名な「雨夜《あまよ》の品定め」のところです。

それを半分うたた寝のふりをしながら聞いている源氏の心中は、ただ一人の恋しいあるお方のことを思いつづけていて、あの方こそ、すべての点で過不足の全くない稀有《けう》な女性だと思い、胸がつまってくるという描写があります。

「人ひとりの御有様《おんありさま》を、心のうちに思ひ続け給ふ」

とある「御有様」というのがくせもので、ただその人の器量や態度というのとちょっとちがう気がしないでもありません。これは昔まだ元服前、父帝につれられて藤壺の女御のお部屋へ遊びに行った頃、ちらちら垣間見した御有様ではなくて、近い過去に、まざまざとその姿や顔やしぐさに接した時のことと解釈できます。

また、雨夜の品定めのあった翌日、源氏が方違《かたたが》えで紀伊守《きのかみ》の邸に行き、そこで、同じく方違えに来ていた紀伊守の継母に逢ってみたいと、邸をうろうろする場面が

あります。その時、女房たちが自分の噂話をするのをこっそり耳にして、

「こんな時、もしあの秘密を、人がいい洩《も》らして噂するのを聞いたらと思うと、恐ろしくなる」

と脅《おび》える場面があります。ここでは、前よりもっと藤壺の女御との不倫の恋の成就した匂いがします。


とすれば、そのことは、十七歳の春か、晩春のことではなかったでしょうか。また、もしかしたら十六歳の出来事かもしれません。数え十六、七歳というティーンエイジャーとしては、たいした不良ぶりですが、後につづく帖々で、この十七歳に、六条御息所、空蟬、その継娘軒端の荻、夕顔と、たてつづけに情事を重ねて、旺盛なラブハンターぶりを発揮しています。

誇り高き寡婦

この中で、誰よりも身分の高いすばらしい女性が六条御息所なのです。葵の上よりも藤壺の女御よりも年長の、源氏より七歳上の六条御息所は、自分の邸をこのうえなく趣味よく住みこなして、つまり今の言葉ではインテリアも最高にして一種のサロンを造っていました。前《さき》の東宮の妃で、一人の姫君を産んでいます。東宮は亡

くなり、六条の里邸で、優雅な暮らしをしているのです。

この高貴な美しい女性に憧れて、あわよくばとの野心を秘めて、若い貴公子たちが集まってくるのです。歌の会、音楽の会など、それも一味ちがう演出をした会を御息所は催したのでしょう。

その貴公子たちの中に、十七歳の源氏の君もまざっていたのです。そして、いつのまにか、他の人々に先がけて、この誇り高い高貴な寡婦《かふ》の心と体をわがものとしていたのです。

その場面もまた、紫式部は直接描写などはしていません。読者はいらいらさせられますが、そのいらいらのうちに、濃厚な場面を思い描いて結構愉《たの》しんでいるのです。

六条御息所との間柄がはっきり示されるのは、「夕顔」の帖になってからです。

その冒頭は、

「六条わたりの御忍《しの》びありきのころ」

という文章ではじまっています。この六条わたりが、六条御息所のお邸で、そこへもうたびたびこっそり通っているという状態が示されているのです。

なぜ才色兼備のすばらしい御息所が、七つも年下のプレイボーイの名の高い源氏の誘惑に負けてしまったのでしょうか。それは、彼女のまわりに集まってくる多くの貴公子たちの中で、源氏が抜群の魅力を持っていたからでしょう。まず、絶世の美男子であり、あらゆる才芸にすぐれているうえ、女を惹きつけるすべてを具《そな》えている。今でいうフェロモンの持ち主で、そのうえ天性の口説き上手というのだからたまったものではありません。

六条御息所は、若い源氏の激しい情熱に負けてしまった瞬間から、深い悩みと苦しさを味わわなければなりません。源氏が七つも年上で教養高く趣味深い六条御息所に対して、臆さず接していったのには、すでに藤壺の女御という最高の女性を手に入れてしまっていた自信に支えられていたからでしょう。

源氏には常に仰ぎ見るような、自分よりすぐれた女性が必要だったのだというのは、『源氏物語』の名訳を残された円地《えんち》文子《ふみこ》さんの説でした。

源氏にとっては、自由に逢えない藤壺の女御の身代わりのように需《もと》めた人であったものの、恋が成就してみれば、何かにつけ、気の張る相手でした。馬鹿にされまいという緊張感は、恋の甘い陶酔に水をさします。また御息所は、ものごとを徹底的に一途《いちず》に思いつめてしまう気性のうえ、若い源氏の誘惑に負けたことを、世間に嘲笑《ちょうしょう》されないかという不安に加え、年齢差のひけ目もあり、この恋は喜びより苦悩の方がいやまします。

案の定、源氏は早くも訪れが遠のき、いわゆる夜離れがつづき、噂では新しい通

六条御息所

源氏の愛人の一人。桐壺帝の兄**前の東宮の妃**で、今は未亡人。源氏の正妻葵の上への嫉妬と怨念はすさまじく、生霊となって取り憑き、苦しめる。

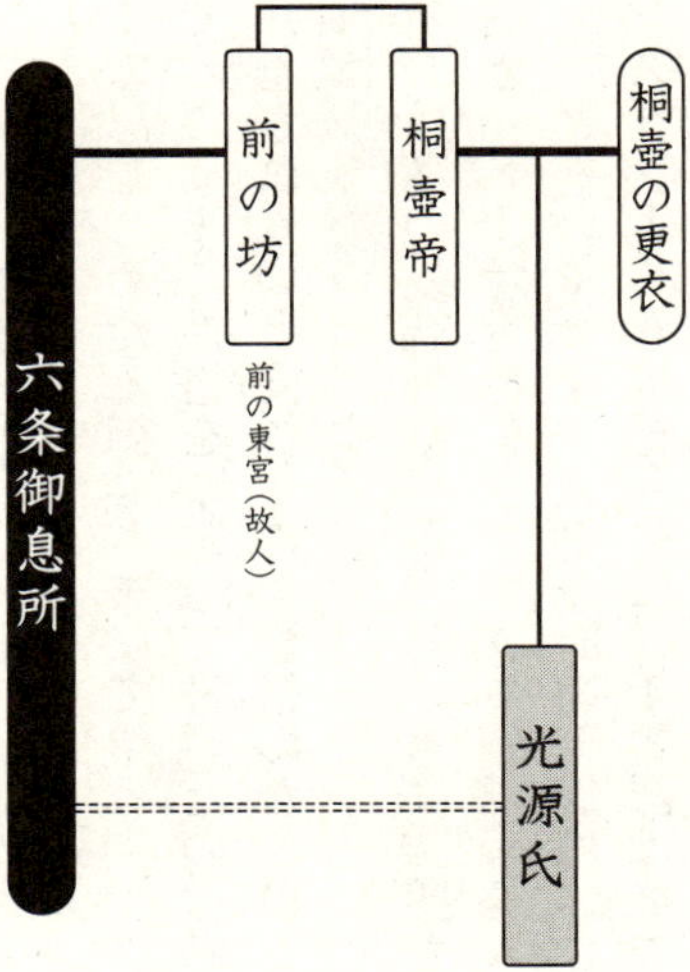

いどころもできたようです。

この時、まだ御息所は二十四歳なのです。紫式部は、御息所の、徹底的につきつめて考え、いい加減に妥協できない性格というのを、はっきり打ち出しています。紫式部は、プライドと自我の強い女、おとなしい女、可愛い女、色好みの女、地味な女、嫉妬深い女、宗教的な女、家庭的な女等々、さまざまの女の性格をこの物語の中に書き分けていますが、

「女は、いとものをあまりなるまで思《おぼ》ししめたる御心ざまにて」

とあるのが六条御息所の性格で、こうまで性格を断定して書いたのは御息所だけです。源氏が障害の多い恋にしか惹かれないと同様、この性格のために、二人はさまざまな苦労をわれからしなければならないのです。

コンスタンの書いた『アドルフ』は私の愛読書ですが、若い男に誘惑され捨てられる年上の女、エレノールの不幸を描き、「境遇などというものはまことに取るに足らぬもので、性格がすべてです」と書いています。御息所の苦悩はまさにエレノールの苦悩です。十九世紀のコンスタンより八世紀も前に、紫式部はそのことを看《かん》破《ぱ》して作品化していました。

ものごとをつきつめて考えつめるという性格は、理智的な反面、しつこいという感じを匂わせます。また、御息所の苦しさは、若い恋人の浮気な夜離れそのことよ

りも、嘴《くちばし》の黄色い軽薄な若者の情熱に負け、たちまち捨てられるという屈辱感こそが耐えがたいからだったのではないでしょうか。

インテリの女性にとっては、嫉妬は必ず自尊心を傷つけられた痛みの裏打ちがあるものです。これはまた紫式部自身の心の底にもあるものだったでしょう。夫の宣《のぶ》孝《たか》も、パトロンの道長も多情で女に不自由しない男だったため、紫式部はおそらく胸を焼く嫉妬を幾度となく味わっていると思います。

紫式部に憑いた物の怪

それでも御息所と源氏の関係は五年もつづきました。御息所が二十九歳の時、御《み》代《よ》替《が》わりがあって、御息所の姫宮が伊勢の斎宮《さいぐう》に選ばれました。斎宮は、伊勢神宮に奉仕するため、未婚の内親王か女宮が選ばれるのです。斎宮は伊勢へ行く前一年間、嵯峨の野の宮に籠って精進潔斎《しょうじんけっさい》します。

御息所は、源氏との仲が辛いので、思いきって、姫宮と共に伊勢へ下ってしまおうかと考えます。そんな場合、母親が一緒に下る先例はないのですが、御息所は京を遠く離れて源氏を忘れたいと切に思うのです。

譲位した仙洞御所《せんとうごしょ》の桐壺院のところにも噂が伝わり、院は源氏を呼びつけ叱責《しっせき》し

ます。御息所の身分の手前に対しても粗末に扱ってはならぬと叱り、

「相手の女に恥をかかせるようなことはせず、どの女にも公平にやさしくして、女から怨《うら》みをかうようなことをしてはならない」

と、さとします。読者としては妻を寝取られている息子に、女の扱い方を教えるコキュの院が滑稽にもあわれにも思えるわけです。紫式部はこんな二重構造の小説づくりの面白さを心得ていて、しばしば使うのです。

そんな頃、賀茂の斎王《さいおう》も替わりました。斎王が御禊《ごけい》をする日の行列のお供は晴れの役で、家柄も器量もいい貴公子が選ばれます。源氏も選ばれました。その日の源氏を見たがって、今年は格別の前騒ぎです。

当日は近郊近在から見物人が集まり、行列の通る一条通りは、人と車でごった返しです。その中に目だたぬようにやつした女車に乗り、六条御息所もひっそり息をひそめていました。やはりつれない恋しい男の晴れ姿を、都を捨てる前にせめて一目見ておきたかったのです。

一方、葵の上も産月近く気分がすぐれないまま、女房たちにせがまれて遅く見物に出かけました。左大臣家の勢いを笠《かさ》にきて、家来たちが無理に車を割りこませようとする時、御息所の車を追い立てようとしました。御息所の家来たちが怒って、

「この中にどなたが乗っていらっしゃると思うのか。そんなに押しのけられるよう

な車ではない」

といいはります。お互い誰の車とわかってからは、意地になって争いが激しくなりました。御息所の車は榻《しじ》もへし折られ、御簾《みす》もひき破られ、散々な狼藉《ろうぜき》を受けたまま隅の方へ力ずくで押しやられてしまったのです。衆人環視の中で受けたこの屈辱は、誇り高い御息所の心を耐えがたく傷つけました。このけんかを平然と見て止めようともしなかった葵の上への恨みが、いやがうえにも御息所の嫉妬をかき立てます。

後でその騒ぎを知った源氏は御息所に同情して見舞いに行きますが、御息所は逢うことさえ拒みます。伊勢下向《げこう》の決心を知っても強《し》いて止めようとしない源氏をも御息所は深く怨んでいたのでした。

そうした中で、葵の上にしつこい物の怪が憑《つ》き、苦しめます。人々は御息所の生霊《いきりょう》だろうと噂します。源氏が心配してつきっきりで看病しているという噂も聞こえてきて、御息所の嫉妬と怨念はいやまして、ついに病床についてしまいました。

まさか自分はそんなことはしないと思うものの、自分の理性や意識の外で、傷つけられた魂が軀《からだ》から抜け出し、憎い女の枕辺へ走り、その髪を摑《つか》んで引きまわし、打ち据えもしたような夢を、見たような気さえしてきます。その証《あかし》を御息所は自分の衣類や髪にまでしみついた芥子《けし》の匂いに証明されて、愕然《がくぜん》とおののきました。密教の祈禱《きとう》の護摩《ごま》をたく時、五穀《ごこく》などと共に芥子の実を炎の中に投げ入れるのです。芥子の匂いは執拗《しつよう》に消えません。

産気づいた葵の上はいつもよりひどい物の怪に苦しめられ、祈禱も必死で行われます。その時、

「ああ、苦しい、少し祈禱をゆるめて下さい。源氏の君に申しあげたいことがあります」

と産褥《さんじょく》の葵の上がいうので、源氏がそばに寄り、妻の手を握ってやさしく慰め励ますと、

「いいえ、ちがうのです。調伏《ちょうぶく》が激しくあんまり苦しいので、楽にしてほしいとお願いしたかったのです。人の魂は悲しみに耐えかねると、軀を離れるって、ほんとにありますのね」

という声や表情は、葵の上ではなく、すっかり六条御息所のものになっているではありませんか。

このあたりの紫式部の筆の冴《さ》えの何というすばらしさ。「葵」の帖の物の怪跳梁《ちょうりょう》の場面は、『源氏物語』の中でも圧巻です。ここを書いている紫式部の眼を吊《つ》りあげた形相も息をつめた胸の熱さも、小説家の私には身震いするような実感で迫ってきます。この時、作者にも、何者とも知れぬ物の怪がとり憑いていたのではない

でしょうか。

真に人の魂を捕える芸術作品とは、作者の才能や精進のほかに、何かの霊力が加わった時、はじめて完成するように、この頃の私には思われてなりません。

ついに葵の上は無事、男の子を出産します。これで明らかに御息所の敗北です。

二十一世紀の現代の文学は、しきりに、現実と非現実の世界を共に、作品の中に取りこもうと作家は苦心しています。千年前、紫式部は、六条御息所というそれまでに書かれたことのない個性を造形して、現実と非現実の世界を楽々と往来させたのです。理性も知性も教養も受けつけない、激しい情念の輝きと、その美しさにこめられた嘆きの深さに私たちはうたれるのです。後世、能や芝居や舞や絵や音楽に取りこまれた六条御息所の物の怪の激しい生命を思わずにはいられません。芸術の真価とは、後世にどれほどの影響を与えたかによって決まるとすれば、六条御息所を生んだ『源氏物語』の偉大さにあらためて頭が下がります。

私は御息所の情念も懊悩《おうのう》も作者のものだったと思います。それだからこそ、野の宮の潔斎所に斎宮と共に籠った御息所に源氏が逢いに行った一夜の哀切さが、また一段と鮮やかに描ききれたのでしょう。

ここでも、御息所は源氏の情熱に抗しきれず、最後の夜を共にします。この時、場所柄、二人の間にことが行われたかどうかは、例によってあらわには書かれていません。しかし、この条《くだ》りを読めば、源氏の愛を受け入れずにはいられなかった御息所の悲しさ、切なさが切々と伝わってきます。二人の心の中でこれが最後と思うからこそ、その夜の恋の燃えつきた灰の清浄さが際立つのでしょう。

「賢木《さかき》」の帖の野の宮の別れは、五十四帖にちりばめられた名場面の中でも、ひとしお美しい絵のような場面で、作者の気の入れ方が伝わってきます。

御息所は伊勢へ下り、一応舞台から去ったかに見えます。しかし、御息所の情念は、死後も怨霊となって源氏の愛人たちにとり憑き、不幸にしたり、死に至らしめたりします。ふと、御息所の物の怪が紫式部に憑き、筆を走らせているかのような錯覚さえ誘い出されることがあります。

第5章　夕顔

数え十七歳の年、光源氏は実に精力的に放縦《ほうじゅう》なラブハントに明け暮れています。藤壺の女御、六条御息所《ろくじょうのみやすどころ》、空蟬《うつせみ》、軒端《のきば》の荻《おぎ》、夕顔、という名が挙げられています。その他、葵の上は正妻としているのです。他に手をつけている女房の二人や三人は当然いたでしょう。ざっと挙げてもこれだけの女と性的交渉を持っているのはたいしたプレイボーイです。

もっとも男の十六、七歳というのは生理的に最も性欲が強いと医学的にはいうそうですから、源氏の絶倫ぶりも不思議ではないのかもしれません。現代の試験勉強で青息吐息の、この年代の青少年に比べると、実に破天荒《はてんこう》に自由ではありませんか。

六条御息所に通い馴《な》れた頃の夏のある日のことでした。

源氏は乳母の大弐《だいに》が重い病気になっていたので、ついでに見舞いに立ち寄ります。乳母の家は五条あたり、宮中から六条御息所邸へ通う途中にあります。

この乳母の息子の惟光《これみつ》は、源氏の乳兄弟《ちきょうだい》であり最も気の許せる腹心の家来です。源氏の情事のすべてに立ちあっていて、藤壺の女御とのみそか事以外はすべて知っています。母の病気が重いので、このところ惟光も実家で母の看病をしています。

源氏の車が着いた時、表門が閉まっていたので、惟光を呼び、開けさせようとしている間、源氏は車の中からあたりを眺めていました。乳母の家の隣に新しい檜垣《ひがき》を結《ゆ》いめぐらせたささやかな家が目につきました、蔀戸《しとみど》を上の方半分は吊《つ》りあげていて、そこにかけた簾《すだれ》も真新しく白くさっぱり見えます。その向こうから女たちの顔がたくさん覗《のぞ》いているのが透《す》いています。源氏は覗くつもりが覗かれていたのです。

下町の埃《ほこり》っぽい道端に面した、門もないささやかな家のたたずまいを近々と見て、源氏の好奇心はそそられます。もちろん、簾に透ける女たちがいたからでしょう。

板囲いのところどころに青々とした蔓草《つるくさ》が這《は》いのび、白い花をひっそり咲かせていました。花の名を聞くとお供が夕顔だと答えます。一房折ってこいと命じられて、家来が中へ入って白い花の蔓を折りました。

すると可愛らしい女童《めのわらわ》が出てきて、濃く香をたきしめた白い扇をさし出して、

「この上に花をのせてさし上げて下さい。蔓も頼りない扱いにくい花ですから」

といいます。ちょうど惟光が出てきて、受け取り、源氏に取りつぎました。

源氏はまず乳母を見舞ってやります。乳母は病床ですでに出家して尼になっていました。当時、人々には、病気は出家すると仏の功徳《くどく》によって治ることが多いと信じられていました。

危篤の乳母の枕元には惟光の兄妹たちが集まっていました。源氏がわざわざ見舞ってくれただけでも感激している人々の前で、涙ぐみながら源氏が乳母にこのうえなくやさしい言葉をかけてやります。

「長生きして、もっとわたしが高位高官に上る姿を見届けておくれ。わたしは幼かった頃から可愛がってくれるはずの人たちがみんな次々死んでしまったので、いろんな人に育ててもらったけれど、心から親身に思って馴れ慕ったのは、あなたより他にはなかったのですよ」

などというのです。こんなやさしいことをいわれたら、乳母はもう極楽にいる気持ちでしょう。

源氏は天性の口説き上手ですが、女蕩《おんなたら》しの第一条件は口がうまいということです。日本人は男のおしゃべりはみっともないとしてきましたが、どうもこれは武士が力

を持ってきた頃からのようで、奈良朝も平安朝も女に関しては男は筆まめで口まめで行動もまめだったようです。女たちは源氏の口のうまさに、ころり、ころりと誘惑されてしまいます。

例えば夜の闇の中の夜這《よば》いで、目的の人妻空蟬とまちがえてその継娘を犯してしまった後でも、人ちがいだったなどとあわてず騒がず、

「前からあなたを好きだったのです。やっと想いがかなった」

などと平気でいうのです。それを源氏の軽薄、不誠実ととるか、相手をいたわるやさしさととるかは、読者の自由です。関西でいう口べっぴんの源氏の特徴は、目の前の女を口説く時は、その女だけに向かって全身全霊で立ち向かっているという点でしょう。その時は純粋なのです。これが女がつい源氏に甘くなってしまう所以《ゆえん》のように思います。

男に一番人気の夕顔

乳母を見舞い、泣かせ、自分もさめざめ泣いた直後、源氏は惟光とあの扇を点検しています。扇には、

心あてにそれかとぞ見る白露の
　光そへたる夕顔の花

と書いてあります。白露の光を添えた夕顔の花のようなお姿は、もしかしたら光源氏の君では……という歌で、なかなかしゃれています。この歌から「夕顔」と女を呼ぶようになったのです。

夕顔は、実は頭《とう》の中将《ちゅうじょう》が以前通っていた女でした。父親は三位《さんみ》の中将でしたが、運の開けないまま死んでしまい、その後、ふとした縁で頭の中将の愛を受けるようになり、女の子が生まれていました。頭の中将の正妻に、この人は右大臣の四の君でしたが、二人の仲を知られ、正妻から人を使って脅迫がましい仕打ちを受けます。それが怖くて、頭の中将にも告げず、女の子をつれて身をかくしてしまったのでした。

雨夜《あまよ》の品定めの時、頭の中将は、素直だけれど、あまりにも頼りない女の例としてこの女をいとしがり、語っています。

夕顔は右京の乳母の家に娘と一緒に身を寄せていたのですが、方違《かたたが》えに一人で、惟光の家の西隣に来ていたのです。

惟光のはからいで、源氏はついにこの家に通うようになりますが、あくまで身分をかくして極力身をやつして通います。帰りも女の家の者に尾《つ》けられないように尾行をまく工夫をしています。女と逢う時も、覆面をしたままです。おそらく薄いベールのような絹ででも顔を包んでいたのでしょうが、いくら夜の暗闇の中でだって、それは女にもわかるでしょう。

そんなにまでしても通わずにいられないのは、女によほど魅力があったからでしょう。

それまでの源氏の相手の女たちは揃って年上で、高貴の身分で堅苦しく、源氏は常に緊張感で気疲れしました。しかし夕顔は、素性も明かさない源氏に、たいして抵抗も見せず身を許してしまうと、ひたすら源氏に全身をまかせきり、頼りきって従います。

現代の男性に、『源氏物語』の中ではどの女が好きかと訊《き》きますと、十中八九は、言下に「夕顔」と答えます。誰が嫌いかと訊きますと、これも十中八九「六条御息所」という答えが返ってきます。六条御息所の生霊や死霊になるまでの凄《すさ》まじい執念や嫉妬深さが恐ろしいのでしょう。

それに引きかえ、夕顔はいいようもなく素直で、もの柔らかにおっとりしていて、考え深いとか、しっかりしているというところはあまり感じられません。ひたすら稚《おさな》じみた初々《ういうい》しさと無邪気さのうちに、性愛についても全く無垢《むく》ではなく、源氏に

夕顔

源氏の愛人で、気位が高く嫉妬深い六条御息所の対極に位置づけられる女性。実はかつて、源氏の親友、頭の中将と関係があり、女の子をもうけている。

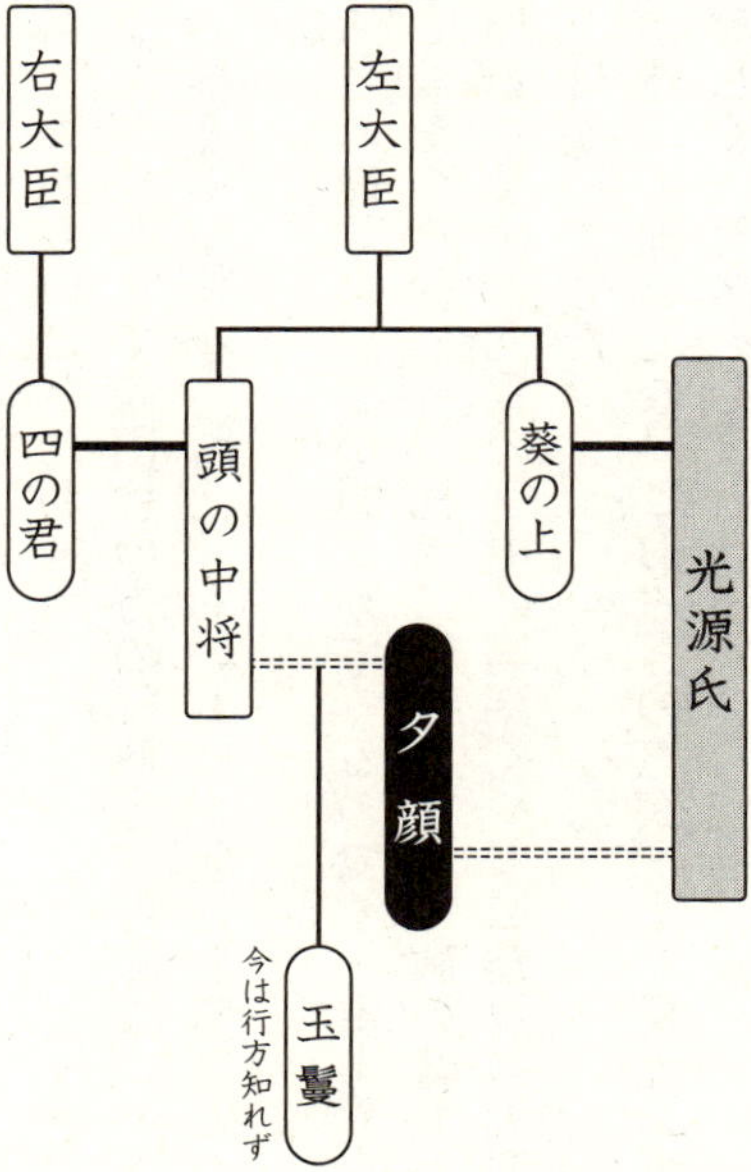

は魅力なのです。

源氏はこれまでつきあった中では最下級のこの女に、たちまち惑溺《わくでき》してゆきます。朝別れて夕暮れまた訪れるまでの、昼間の時間さえ保ちきれないほど逢いたくてたまらないという惚れこみようです。

その家は二人で寝ている枕元の壁ごしに、

「おお、寒ぶ、寒ぶ、何とまあ寒いことだわい」

「今年はさっぱり商売が上がったりで、田舎の方の行商も、ろくなことはあるまいと思うと、ほんとうに心細くてならないねえ。おいおい、北のお隣さんや、聞いてるかい」

などという下々《しもじも》の生活者の繰り言などが聞こえてくるのです。雷よりもおどろおどろしい音を立てて碓《からうす》で米をつく響きも、枕上に伝わります。砧《きぬた》の音もかすかに聞こえ、空飛ぶ雁《かり》の声も加わります。九重《ここのえ》の宮中の奥深くや、二条院の大邸宅では、夢にも想像できないことばかりでした。

また広い邸宅では庭が遠くて聞こえないこおろぎの声が、すぐ枕元の壁ぎわに聞こえるのも、源氏には珍しく、興味をそそられます。

源氏の君は次第に女にのめりこんでゆき、女を手放したくなく、いっそ二条院につれて行きたいとさえ思います。

八月の十五日の夜、夕顔の家に泊まった翌日、源氏はいきなり夕顔をなにがしの院につれ出し、水いらずの時間を楽しもうとします。この院は普段あまり使っていないので、留守番だけがいる不気味な邸です。ここではじめて源氏は覆面をとって見せ、

「どうだい、白露の光といったわたしの貌《かお》は」

なかなかいい男だろうというような歌を詠《よ》みかけます。

ここへきて、読者は、これまで源氏がしげしげとこの家に通いながら、ずっと覆面をして女に顔を見せていなかったことを知らされるわけです。源氏ほどの身分の人が決して通ってはならないような下等な家だったということでしょう。

この時の夕顔の返歌が意表をついていて、読者はまたここでどきっとさせられるでしょう。

ちらっと流し目で男の顔を見た女は、

「前にすてきに見えたのは夕《ゆう》ま暮《ぐれ》のせいだったのかしら。今近くで見ると、たいしたことないわ」

という意味の歌をかすかな声でつぶやくのです。なかなか味な答えをするじゃないかと、源氏も面白く感じます。ここで夕顔が決して、ただ無邪気で可愛らしいだけの女でないことを知らされます。過去のある女は、それだけ心も練られていたの

です。

夕顔に円地文子さんは娼婦性があるとおっしゃいましたが、この夕顔の宿そのものが、何だか、娼婦の宿のような気もします。行きずりの男に歌を女の方から詠みかけるのも、女童に手早く扇を持たせてよこすのも、すでに誘いかけととれなくもありません。


夕顔のこのおしのびに右近《うこん》という女房が一人ついてきていました。

終日、誰に気がねもなく愛をむさぼりあった十六日の夜、女と二人でとろとろとした源氏の夢に、枕上にぞっとするほど美しい女が座っていて、

「わたしが夢中でお慕いしているのに捨てておいて、こんな平凡なつまらない女を愛されるとは、口惜しくて悲しい」

といい、傍《かたわ》らの夕顔に荒々しく手をかけ、引き起こそうとします。うなされて源氏が目を覚ました時、ふっと灯《ひ》も消えました。右近を呼び、宿直《とのい》の者にいって灯《あか》りをつけてくるようにと命じても、右近も怖がって震えていて物の用に立ちません。仕方なく源氏が自分で紙燭《しそく》を取りにいって戻ってくると、夕顔はその間に頓死《とんし》して冷たくなっていたのでした。

源氏の夢に見た女の幻は、六条御息所とは書いてありませんが、その言葉から考

えても、御息所の物の怪と考えられます。

あまりのことに茫然自失《ぼうぜんじしつ》した源氏は、夕顔の死体を前になすすべも知りません。右近はただ源氏に取りすがって泣くばかりです。ここでは惟光が来て、万事を取りはからいます。

源氏は目の前で自分の女が死に絶えた経験ははじめてでした。夕顔の死にうろたえおろおろ泣き悲しむ源氏の姿は、全篇の中で一番純情で好感が持てます。こんな目にあっても、あの秘密の不倫の恋の報《むく》いではないかと脅《おび》えるのも若者らしい素直さです。

惟光が夕顔の死骸を夜具に包んで、知り合いの東山の尼の庵《いおり》に運ぶ時、車には自分と右近だけが死骸につきそって乗りこみ、源氏には自分の馬を提供して二条院へ帰します。

二条院に帰っても悲嘆にくれて生きた心地もせず、源氏は、焼いてしまう前にやはりもう一度、一目見たいと思い、惟光の止めるのも聞かず、東山へ出むき、死体ともう一度対面するのです。その帰りには、あまりの辛さから気を失いかけ、落馬してしまいます。

この無垢で一途《いちず》な純情ぶりもまた、源氏の一面の真実にちがいないのです。何の打算もない恋に捨て身になれるのこそ、青春の特権ではないでしょうか。夕顔との恋はあまりに短くはかなかっただけに、源氏の心に永遠に焼きつきます。

夕顔はおそらく、性的に若い源氏を最も満足させた女なのでしょう。男のするままに心も体も柔らかい飴《あめ》のように自由になる女。男の心と体を限りなくリラックスさせてくれる女。男をひたぶるに信じきり疑わない女。自己主張のない可愛い女。これが、いつの時代にも男の夢に描く永遠の女性なのかもしれません。

右近は夕顔の跡を追おうとしますが、源氏になだめられ、二条院に引き取られ、源氏付きの女房になります。右近の口から、やはり夕顔は、頭の中将が雨夜の品定めの時に追想していた女だったとわかります。

源氏は夕顔の死のショックから自分も病気になって床についてしまいます。

源氏は夕顔の忘れ形見の女の子を探し出して自分が育てたいとさえ思います。夕顔の年齢は十九でした。やはり源氏より二歳年上ですが、年上の女の圧迫を感じさせない女でした。

源氏は右近にしみじみこんな述懐をしています。

「女は頼りなさそうに見えるのが、可愛いのだ。しっかり者で気が強く、人のいうことを聞かない女は、どうもわたしは好きにはなれないね。わたし自身がはきはきせず頼りない性質だからか、女はただやさしく素直で、うっかりすると男にだまされそうに見えるのが、さすがに慎みぶかく、夫の心に頼りきって従うというような女が可愛くて、そういう女を自分の思うように躾《しつ》け直して暮らしたら、睦《むつ》まじく過ごせると思うのだけれど」

嫋々《じょうじょう》とした頼りない女、原文では「女はただやはらかに」とあります。源氏は紫の上を教育する時も、

「すべて女はやはらかに、心うつくしきなむよきこと」

と教えています。「やはらか」は態度や性質がふんわりしていることで「うつくし」は可愛いですから、源氏は理智的な女より、ぼんやりしたようなふんわりと可愛い女を最上の好みとしたのでしょう。

あまりにはかない命だったから、夕顔は『源氏物語』の中でも特等席が与えられたような気がします。

平安朝の人の寿命は今に比べると実に短命でした。定命《じょうみょう》と彼等は呼んで、これも前世に決められたもので人間の力の及ばない宿命だと決めています。『源氏物語』では女の方が男より寿命が短いようです。

藤壺の女御は三十七歳の女の厄年に死んでいます。六条御息所は三十六歳、桐壺の更衣ははっきりしませんが、源氏三歳の時の死亡ですから二十代はじめ、もしかしたら十代末かもしれません。

そして夕顔は十九歳でした。

夕顔の死は物の怪に殺されたようになっています。

この時あらわれた物の怪は六条御息所とは書いてないものの、源氏はその直前、このところ夕顔に溺れきって、いっそう御息所に夜離《よが》れがつづいていることを考え、御息所にすまないと思い、恨まれても当然だと思っています。そのうえ、御息所のあまりの自尊心の高さから、息苦しいような窮屈な思いをさせられる点を、少し捨てて目の前の夕顔のように、のどかな気分にさせてくれたらと、心の中で比較してしまいます。夢に女の幻のような物の怪が出て怨《えん》じたのはその直後で、夕顔が殺されたのもそのつづきです。

この後になって、葵の上にとり憑《つ》いた御息所の物の怪も、源氏が、車争いで屈辱を与えた御息所にすまないと思い、葵の上の妊娠騒ぎで夜離れしている御息所に悪いと内心思っている時にあらわれます。物の怪とは、そういう自責の念が呼ぶ幻影なのかもしれません。怨霊の祟りもまた同じ受ける側の罪の意識の潜在的な脅えが招くものではないでしょうか。

夕顔の死はまた、二晩かけて根《こん》かぎり性愛に惑溺した過労が招いた急性の心臓麻痺と、医学的に考えられないこともありません。

命をしぼりつくして、男の需《もと》める愛に惜しみなく応《こた》えつくした夕顔は、やはり、世の男たちにとって、永遠の女性と愛されるのも当然かもしれません。

第6章　空蟬と末摘花

　女が恋物語を好きなのは、成就した恋のハッピーエンドに拍手するのではなく、恋に心が傷つき血を流す哀しさと美しさに感動するからです。遊びの浮気や肉欲だけの情事では心は傷つきません。本当の恋をしたとたん、人は喜びと同時に悲哀を味わい苦悩がはじまるのです。『源氏物語』の読者が見さかいもなく女に手を出すドンファンの光源氏を許せるのは、源氏は浮気のつもりの情事にいつのまにか心を奪われ、真剣な恋愛になってしまい、相手を苦しめると共に自分も心に血を流すからです。

　それにしても目まぐるしいほどのラブハントに明け暮れた十七歳の源氏は、恋の相手に何の制約も規定も設けません。父帝の寵妃、自分の義理の母に当たる藤壺の女御でも、高貴な前《さき》の東宮の未亡人でも手に入れた自信で、自分の家来筋に当たる伊予介《いよのすけ》の妻にまで触手をのばします。方違《かたたが》えで偶然泊まりにいった伊予介の息子の紀伊守《きのかみ》の邸に、伊予介の若い後妻も方違えに泊まりあわせたのでした。

方違えとは、陰陽道《おんみょうどう》の占いで、吉凶禍福を司《つかさど》る中神《なかがみ》が地上に降り、八方を巡幸する時、その巡る方向を方塞《かたふさが》りといって忌《い》み、別のところへ泊まるのです。またそちらへどうしても行かなければならない時は、前日、別のところに泊まります。これを方違えといって、当時の人々は守っていました。

紀伊守は突然のお越しで気も動転してそわそわ御接待します。伊予介の後妻は娘時代、気位の高い女だったと聞いていましたので、源氏は早速好奇心をかきたてられ、興味を持ち、紀伊守からあれこれ聞き出します。

死亡した衛門督《えもんのかみ》の娘が、その後妻で、衛門督は、娘を宮仕えさせようと思っていたのに、縁があって伊予介の後妻になったのを、女は不満に思っていました。老いた夫が妻をあがめ奉《たてまつ》っているのを、先妻の子たちは、老年のくせに好色がましいと非難しているのです。

紀伊守は軽薄な男でべらべらそんなことを喋り、後妻の弟だという十二、三の美しい利発そうな少年をお目通りさせます。伊予介が単身赴任で伊予に行っている留守のことでした。

その夜、源氏は手探りで闇の中を女の寝所にしのびこみ、寝ている女のかぶっているものをはがしてしまいます。その時、はじめて女は事態に気づき、驚き怖れますが、もう逃れようもありません。女房の中将は離れに湯を使いに行っていて、まわりには誰もいなかったのです。源氏はまた例によって、

「前々からお慕いしていたのです。出来心ではないのです」

などやさしい言葉を並べてかき口説きます。そんな源氏を、

「鬼神《おにがみ》も荒だつまじきけはひなれば」

と原文は書きます。鬼神でさえも荒々しい振舞いなどは、とてもできないだろうと思われるほど優雅だというのです。

女は、

「お人ちがいでしょう」

と辛《かろ》うじていいますが、源氏は聞かないで、女が小柄なので軽々と抱きあげ、自分の寝所へ拉致《らち》していきます。

襖口《ふすまぐち》を出たとたん帰ってきた中将の君と出会います。源氏の放つ芳香に顔を打たれて、中将は一瞬にすべてを察しましたが、呆《あき》れはて、相手が相手なのでどうしようもなく、ただ上の空で、二人の後を追います。

源氏は悠々と自分の寝所へ入り、そこで中将をふりかえって、

「明け方お迎えに来なさい」

といい捨てて襖を閉めてしまいます。源氏の腕の中の女は、中将の君の思惑を想像しただけで死ぬほど辛《つら》く恥ずかしく、全身汗をかいています。

例によって源氏はどこから出る言葉なのか、情愛をこめてやさしい口説き文句を並べたてますが、女は意外な抵抗を見せ、源氏をてこずらせました。結局抗しきれず、女は源氏に犯されてしまいます。

ここの部分を紫式部は、女が元来はやさしい人柄なのに、無理に強気らしく構えているので、なよ竹がしなやいでいながら、なかなか折れないように、手折《たお》るのが難しかったと表現しています。

女は、目もまばゆい源氏に魅せられながら、体は自由にされても心まで決してなびいたふうは見せまいと、かたくなに冷淡を装いつづけます。

「こんなことは現実《うつつ》のこととも思われません。どうせわたしなど、数ならぬ卑《いや》しい身ではございましても、これほど見下げつくしたお扱いを受けましては、どうして深いお心などと思えましょう。わたしのようなしがない身分の者にも、それなりの身分に応じた生き方がございます」

と怨《うら》みます。また、もし自分がまだ結婚していない時なら、思いようもあるけれ

ど、こんなかりそめの一夜の情事の相手にされたのが情けないと泣くのです。

源氏は自分の身分と、女にもてるという経験による自信で、どんな女でもなびくと思いこんでいたのです。その自信が、女の強い抵抗と、理路の通った抗議にあい、かえって新鮮な情念をかきたてられます。

男心をそそる空蝉

この後、二度源氏は女にいい寄りますが、女は用心深く身を護《まも》り、その後は決して自由になりません。女の弟を身近におく家来としていつでも引きつれ、小君《こぎみ》と呼んで格別可愛がり、手紙の使いをさせますが、女はかたくなに拒否しつづけます。

一度などは、継娘と寝ていた女の寝所にしのびこみました。女がいち早く気づいて、袿《うちき》を脱ぎ残し、下着一枚で辛うじて逃げ出します。

源氏は残されていた継娘をてっきり目ざす女と思い、ことに及びかけて人ちがいと気がつきます。小柄な女とちがい、こちらはグラマーでぴちぴちしていたのです。昼間二人で碁を打っていたのを覗き見していましたので、源氏はあの若い、ちょっとはしたない、しかし美しい娘だとわかるのです。

すべてこういうことは暗闇で行われていることを忘れないで下さい。こうしたまちがいは、どうやらしばしば現実にもあったようです。『源氏物語』でも、終わりの方の「宇治十帖《うじじゆうじよう》」に、女がまちがって二人の男に肌を許してしまった、そのまちがいを利用して、大きなテーマに発展させているのです。

この継娘を軒端《のきば》の荻《おぎ》、伊予介の妻を空蟬《うつせみ》と呼んでいます。

源氏は何も知らない軒端の荻にも、前からあなたが目的でこの邸によく来ていたのだなど見えすいた嘘でなだめ、その場をごまかします。思慮の浅い娘は何の疑いも抱きません。

源氏は覗き見した時、空蟬の顔もしっかり見ています。きゃしゃで頭も小さく、髪もあまり豊かでなく、瞼《まぶた》がはれぼったく、鼻筋もすっきり通っていなくて、老《ふ》けて見え、艶《つや》やかさもありません。どちらかといえば不美人の方だと見ています。しかし、その欠点を上手につくろうすべを知っていて、心惹《ひ》かれるというのです。つまり、雰囲気美人とでもいうのでしょう。伊予介も夢中になり、紀伊守も、隙《すき》あらばとひそかに思いをかけているのですから、どこか男心をそそる情緒を具《そな》えているのでしょう。

女の残した空蟬のような薄い夏の小袿《こうちき》を、源氏は着物の下にかくして持って帰ります。

空蝉と末摘花

空蝉は源氏の**家来の妻**。源氏は一度はこの人妻を強引に落とすが、その後はかたくなに関係を拒まれる。末摘花は**故常陸の宮の姫宮**。父宮の死後すっかり零落してしまった宮家の姫に、源氏は興味を示す。

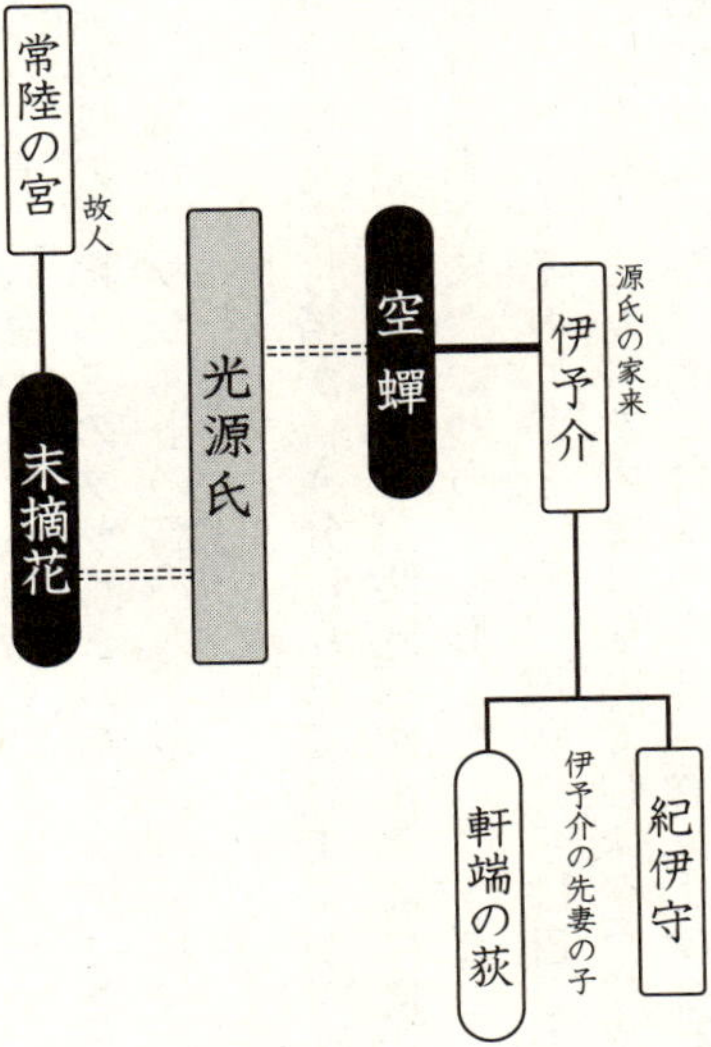

空蟬の身をかへてける木のもとに
　なほ人がらのなつかしきかな

という源氏の歌を見て、女は汗のしみたあの袿が、源氏の手に渡っていることを恥ずかしく思います。空蟬という名前はこの歌から出ています。

六条御息所や葵の上のような、身分の高い女たちの誇り高さは当然でしょうが、中流の上か中の階級の、受領《ずりょう》の妻の空蟬のこのプライドの高さは気になります。源氏の愛した女性の中には思いのほか、プライドの高い人が多いのはどうしてでしょう。

物語が進むにつれ、さまざまな女の性格が書き分けられていますが、私は全訳を終えてみて、このことが非常に印象に残りました。紫式部が千年前に自我を持ち、誇り高き心を持った女を、身分の高下《こうげ》にかかわらず造形したということに、もっと目を向けていいように思います。またそれだからこそ、彼女たちは自分の心の中に、誰にも犯されないひとりの世界を持ちたかったのではないでしょうか。その究極に出家という道が開けていたのではないか、そんなことに思い至ったのです。

老夫の死後、継子の紀伊守にいい寄られるのをうるさく思い、この空蟬も出家してしまいます。最後は源氏に引き取られ、生活の面倒を見てもらい、平穏に暮らします。

愚直なまでに純粋な深窓の姫君

さて、ここにまた一人誇り高い女性で、とてつもなくユニークな人物があらわれます。末摘花《すえつむはな》と呼ばれている女性ですが、この人は故常陸《ひたち》の宮の姫宮ですから、身分は上流の上です。父宮の死後、しっかりした後見人もいなくて、宮家は零落の一途をたどり、今では、気のきいた女房など一人もいなくなっています。

源氏はこの姫君のことを乳母の娘の大輔命婦《たいふのみようぶ》から聞かされます。気の毒な姫君の話をして、それでも姫君は琴《きん》の名手らしいというのです。故常陸の宮が琴の名手として聞こえていたので、その手ほどきを受けた姫君ならきっと上手だろうと源氏は想像します。すると源氏の好色心《すきごころ》は刺激されて、ぜひ逢ってみたいと思い、命婦にその仲立ちを命じます。

好奇心は感じても、すぐ実行に移すまめさがあるかないかで男の好色度は計れます。今でも、女蕩《おんなたら》しといわれる男は揃ってまめなものです。

命婦は断りきれなくて、源氏はついに目的を達します。ところがこの深窓の姫君は、まるで木偶《でく》のように素っ気なく、反応も鈍く、さっぱり手応《てごた》えがありません。

万事堅苦しくて何の面白味もないのです。姫君にとっては初夜にちがいないのですが、何をしたのか、わかっているのかどうか。話の受け答えさえろくにできません。ただ髪が豊かで長く、その感触だけは上々でした。恋愛の結晶作用で、源氏は何事も好意的に考えます。

それにしても美味《おい》しくない女だったとがっかりした源氏は、もう恋もさめた感じですが、もう一度明るいところで顔をはっきり見たいとまた出かけます。

今度も相変わらず味気ない一夜を送り、翌朝、昨夜降った庭の雪景色があんまり美しいので、源氏は部屋の中の姫君に、

「まあこの雪景色をご覧なさい」

と声をかけます。姫君は素直ににじり出てきて、源氏の横に悪びれず座りました。

雪明かりにその姫君の顔を見たとたん、源氏は声も出ないほどびっくり仰天《ぎようてん》してしまいました。姫君はむやみに顔が長く馬面《うまづら》で、そのうえ鼻が異様に長く、その先が象の鼻のように垂れ下がっていて、おまけに先が紅《べに》をつけたように真っ赤なのです。閨《ねや》の黒髪の手触りとは、あまりにも想像を絶した醜女《しこめ》ぶりです。そのうえ、姫君は寒いのか黒てんのチョッキを着物の上に着こんでいます。これは父宮の遺品なのでしょう。当時毛皮は男しか用いませんでした。今でこそ毛皮は女性の憧れのファッションですが、どうも優美な十二単《じゆうにひとえ》や袿姿には珍妙で似合いません。

何とも残酷な場面です。姫君が自分の容貌に卑下も感じず、源氏に自分をよく見せようという気持ちもなく、ただ素直なのが痛ましい限りです。それを注意するような気のきいた女房もいないのが実に無惨です。源氏はすっかり興ざめして、さすがに同情して捨てきってしまわず生活の面倒は見ますが、ほとんどつづけて通う気にはなりません。

後々、この姫君の出る場面では、紫式部はことごとく嗤《わら》い者にしています。末摘花とは紅花《べにばな》の異名です。化粧に使う紅は、紅花から造っていました。これは、赤鼻のお姫様というひどいニックネームです。

この末摘花には空蝉のような、自意識過剰からくるプライドはありませんが、天性の姫宮としての鷹揚《おうよう》さが具わっていて、やはり犯しがたい誇り高さがあります。誠実で融通《ゆうずう》がきかなくて、ひとりよがりで、自分の受けた教養の範囲で物事を判断し、それを正しいと信じこむ頑固さがあります。

思う通りの行動をすると、あまりの時代離れした古風さにことごとく人の嘲笑《ちょうしょう》を買うのです。しかしこの愚直なまでの純粋さこそ、真の高貴の人のみの持つものではないでしょうか。

後に源氏が須磨《すま》に流謫《るたく》するという悲運に遭遇しますが、その留守の二年五か月の間、源氏は京に残した愛人たちのことを思い出して文通もしていましたが、末摘花のことは完全に忘れきっていました。出発のどさくさで、それまでの生活の面倒を見つづけるようにという手配も忘れていました。末摘花の邸はまた昔のように荒れ放題になり、生活に困窮し、女房もみんな逃げ出してしまうのでした。

末摘花には叔母が一人いて、受領の妻になったのを卑下して、宮家にも出入りしていませんでしたが、夫が大宰《だざい》の大弐《だいに》になったので末摘花を筑紫《つくし》に一緒につれて行こうとします。自分の娘たちの女房として末摘花を使いたいというたくらみなのです。ところが手を替え口をきわめてどう勧誘しても、末摘花は頑として叔母の口車には乗りません。

末摘花は今でも便りさえない源氏の真心を信じきっているのでした。今は忘れていても将来きっと自分のことを思い出して訪ねてくれるにちがいないと待っているのです。

どんなに貧乏しても、父宮から伝わった調度なども手放さず、宮家の品位をひとり守ろうとしています。

源氏は須磨から許されて京に帰り、昔以上の栄達《えいたつ》を極《きわ》めるのですが、帰ってもすぐには末摘花を思い出さず、他の女を訪ねる途中、ふと見覚えのある庭樹の邸の前を通り、常陸の宮家だったと気づきます。草ぼうぼうの蓬生《よもぎう》の庭の露を踏み分けて、その夜末摘花と再会し、姫君の純真さに感動した源氏は、二条院《にじょうのいん》の東の院に迎え、尼になった空蟬と一緒に、最後まで物質的面倒を見つづけたのです。

東の院は二条院に近い敷地内に新しく建てた御殿です。源氏は時々、末摘花を見舞うことはあっても、泊まることはもうありませんでした。

末摘花の話が「末摘花」と「蓬生」の帖に、あわせて二つもあるのは、紫式部の中では、末摘花がただ道化《どうけ》の役だけではない、何か重い比重を持っていたのではないかと思われます。

紫式部の自我と誇り

紫式部の書いた女たちの中で、プライドの高い女を挙げてみましょう。

藤壺はあまり表に我を出していませんが、源氏との不倫の子を天皇につけるため、源氏を味方につけさまざまな画策をしますが、これは政敵右大臣一家に対する意地も働いています。やはり相当な誇りを持った人物です。

六条御息所はいうまでもなく、葵の上、空蟬、末摘花、朝顔の斎院、明石の君、宇治の大君《おおいきみ》等々、プライドの高い女性が数多く登場します。

プライドが高いということは、自我があるということでしょう。何事も男社会の制度の中で、女の自由な意志は何ひとつ認められなかったような千年前の王朝という時代に、これだけ自我の強い、したがってプライドの高い女たちを書かずにいられなかった紫式部の心にこそ、誰よりも強い自我と誇りが渦巻いていたのではないでしょうか。

末摘花は一種の滑稽譚《こっけいたん》のようにも読めます。紫式部は長丁場の物語の中で、適当に息を抜く場面も笑わせる場面も創っています。これは意識的にしたものと思います。源氏が稚《おさな》い若紫の機嫌をとるため、自分の鼻に赤い絵具をつけて、

「わたしの鼻がこんなになったらどうする?」

とふざけるところがあります。無邪気な若紫は、もしそれがとれなくなったら可哀そうだと思って、一生懸命拭き消そうとします。その可愛らしさはほほ笑ましいのですが、この悪ふざけはあくどすぎ、末摘花が可哀そうで、私は好まない場面です。

「蓬生」は「末摘花」より、格段によくできた帖であると思います。ただし「末摘花」の帖には、女房たちが四、五人、源氏が覗いていることも知らず、姫君のお下がりの食事を食べている場面があります。食器は唐渡《からわた》りのいわゆる舶来品なのに古びて見苦しいのです。容体《ようだい》ぶっているくせにこのうえなく垢《あか》じみた衣裳をつけた年寄りの女房たちがぐちをいっています。

「ああ、ああ、なんて寒い冬でしょうね。長生きすると、こんなみじめな目にあわ

なければならないのですね」

「宮様が御在世の頃、どうして辛いなんて思ったのでしょう。こんな心細い暮らしになっても、どうやら死にもせず過ごせるものなのですね」

一人は泣き、一人は飛び立ちそうな寒さに身震いしている、と描写しています。

この場面と、夕顔の宿の隣人の、暮らしのぐちの声は重なりあい、『源氏物語』の中に濃いリアリティを感じさせて、私は名場面だと、何度読んでも感心します。

こういった傑作を紫式部に書かせたエネルギーの源泉は、彼女が創造したどの女たちよりも強かった、彼女のプライドにあったのではないでしょうか。

第7章　朧月夜の君

『源氏物語』の中の女たちの中で誰が一番好きかという話になると、女性からは十人十色でさまざまな答えが返ってきますが、男性は必ず、夕顔という人と、朧月夜《おぼろづきよ》を挙げる人が多いようです。

ところが最近はなぜか、女性でも朧月夜のファンが目立って多くなってきました。以前は、朧月夜を好きというのは、女としては口にしがたいような面映《おもは》ゆさがあったのです。それは朧月夜の君、または朧月夜の尚侍《ないしのかみ》、または内侍《かん》の君《きみ》と呼ばれることの人は、『源氏物語』の中の女たちの中でも、大変官能的《セクシー》で、ふしだらな感じを与えるからでした。最近はとみに女性の地位が高くなり、自主的に自分から恋を追い需《もと》め、自分の性の欲求に正直に、恋愛に生きることを恥としなくなった傾向があるからでしょうか、朧月夜を好きと公然といえるようになったのかもしれません。

実は私も朧月夜が大好きなのです。作家仲間でも、大庭みな子さんや、馬場あき子さん、俵万智さんなども、そうおっしゃいます。

光源氏は臣籍《しんせき》に下ったとはいっても、れっきとした皇子なのだし、父帝の寵を格別に受けている身なので、まわりの公達《きんだち》の中では誰よりも恵まれていて存分な青春を謳歌《おうか》してきました。生涯何の不幸も起こりそうに思えなかった源氏が、思いもかけなかった蹉跌《さてつ》に見舞われるのは、須磨流謫《すまるたく》という事件でした。そんな事件の原因と引き金になったのが、朧月夜の君との情事でした。

恋に忠実な女

朧月夜との出逢いは源氏二十歳の春のことでした。

原文では「きさらぎの二十日《はつか》あまり」とあるから、新暦でいえば、三月も下旬に入っています。西行《さいぎょう》が「ねがはくは花の下にて春死なんそのきさらぎの望月《もちづき》のころ」と歌ったように、きさらぎの二十日あまりといえば、当時は桜の花ざかりだったのです。

その日、宮中では紫宸殿《ししんでん》の前の左近《さこん》の桜の花見の宴《うたげ》がありました。源氏はこの日、舞や詩作で人々の賞讃を一身に浴びます。その光り輝くスターぶりに藤壺の中宮（もとの女御）も心の中で、花のような源氏の姿を、ああした秘めごとを持たずに見るのだったら、露ほどの気がねもなく賞讃できただろうにと、ひそかにため息をつきます。

源氏はその夜、酔い心地の名残りで大胆にも藤壺のあたりに近づきます。その夜は宴の後、帝の御寝所には弘徽殿《こきでん》の女御が上がったことを知っていたのでしょう。こんな機会にもしや藤壺の中宮との密会の手だてがないものかという下心からです。ということは、そうした機会がかつてもあったという推測も成り立つわけです。もしかしたら、藤壺との最初の密会は、後宮の藤壺の局《つぼね》で行われたかもしれません。しかし、この夜は藤壺ではどこの入口も閉ざされていて、入る隙もありません。

源氏は収まらない気持ちで、向かいの弘徽殿の方へ行ってみると、北から三つ目の戸口が開いていたので、そこからするりと入ってしまいました。女御が清涼殿《せいりょうでん》に召《め》されているため、女房たちもお供していて、ここは人の気配もなくひっそりしています。中を覗くと、残っている者も寝こんでいる様子です。

その時、たいそう若々しい美しい声で、いかにも上流の姫君らしい人が、

「朧月夜に似るものぞなき……」

と口ずさみながら廊下をこちらへ近づいてきます。源氏はしめたと思ってそばへ来た女の袖をついと捕えてしまいました。相手は恐怖にかられたと見え、

「まあ、失礼な、誰」

と咎《とが》めましたが、源氏は、

「何もそんなにいやがらなくても」

といって、朧月夜に誘われてやってきたのですとやさしく詠《よ》みかけ、そっと廂《ひさし》の間に抱き下ろし、板戸をぴたりと閉めてしまいました。女の恐れおののいている様子が可憐《かれん》で美しく、わなわな震えながら、

「誰か来て、ここに人が」

と声を立てても、源氏は、

「わたしは何をしても誰からも咎めだてられない者なのですよ。人を呼んだってちっとも困らない。さ、じっと静かにしていらっしゃい」

といいます。この源氏の思い上がった言葉と態度は、空蟬《うつせみ》を犯した時の態度に重なります。

その声で、女は相手が源氏だとわかって、少しほっとします。原文では「いささか慰《なぐさ》めけり」とあります。そんな反応を女の若さと見るか、思慮の浅さと見るかは読者の自由ですが、作者はさらに「困りきって辛いけれど、源氏にあまり思いやり

もなく趣きも解さない、いかにもやさしさに欠ける女と見られたくない」という女の気持ちを書いています。これは女の天性のセクシーな性質をいいえて妙だと思います。

女はさほど抵抗もせず、若々しくなよやかで、次第にされるままになっていきます。その様子がいかにもいじらしく可愛いので、源氏は恋の手ほどきもじっくりとしてしまうのです。

いつのまにか夜も明けたので、源氏は気がせくし、女はましてわれにかえるととんでもないことになったと、心も千々《ちぢ》に悩み、今になってしおれきっています。源氏は後の連絡もしたいので、名を訊《き》き、女の素性を知りたがりますが、ここへきて女は理性を取り戻し、名を教えようとせず、

憂き身世にやがて消えなば尋ねても
　草の原をば問はじとや思ふ

と詠むのです。情けない身になったこのわたしがこのまま死んでしまったら、あなたは苔《こけ》むす墓を探し尋ねたりは、きっとしないでしょうよ、という女の様子が、「艶《えん》になまめきたり」と原文にはあります。

「艶」はうわべが派手、華やかとか、人を惹《ひ》きつける魅力的な風情のある趣きとか、しゃれて粋な感じとかいう意味で、今、私たちの使う艶《つや》っぽいという意味ではありません。なまめきも、現代の用語とはちがって、けばけばしくなくしっとりと控えめという意味があります。あでやかな美の意味もあります。そこで、「艶になまめきたり」というのは、艶麗《えんれい》で華やかさの中にしっとりとした魅力があるとでもいいましょうか。この場合は一夜にして男を知った女の、もはや清純でないあでやかな魅力をいい表していると思います。

人の気配もしてくるので、あわただしく扇を交換しただけで、源氏はそこを出てゆきます。

これが朧月夜との運命的な出逢いです。もちろん、この夜の歌から名前も読者がつけたのです。

名乗れない筈で、彼女はことごとく源氏を憎悪の対象としている弘徽殿の女御の末の妹で、左大臣の政敵、右大臣の六の君だったのです。しかもこの姫君はあと二か月で東宮妃として入内する運命が決まっていたのです。朧月夜が名乗らなかったのは、入内の決定事を打ち壊す気はなかったからです。

藤壺の中宮との最初の夜も六条御息所との初回のことも、その場面は書かれていません。性の場面がリアルに描かれたのは、空蝉や夕顔といった身分の低い女の場合だけでした。高貴の女君を源氏が犯す場面は朧月夜の君だけです。

やがて手を尽くして、源氏は朧月夜の女が、右大臣の六の君だと知ります。東宮の婚約者といえば自分の異母兄の婚約者です。気の毒なことをしたと思うものの、源氏は官能的で魅力的だったこの姫君への恋を断つ気にはなれません。

障害のある恋ほど源氏の気持ちをそそるという困った性質だからです。

それから一か月ほどして、右大臣邸で恒例の藤の花見をする花宴《はなのえん》が催され、招待されて源氏も出席します。その夜、酔ったふりをして、女君たちのいる建物にまぎれ入り、源氏は朧月夜と再会するのでした。

この「花宴」の帖は短いながら実に華やかで艶麗さに満ちています。

藤原俊成《としなり》が「源氏見ざる歌詠みは遺恨のことなり」といったあの有名な言葉は、この帖について言及したときでした。

朧月夜の君が夕顔とちがうのは、夕顔はまるで意志などないように、ひたすら男になびき、心も体も水か飴《あめ》のように男に隙間《すきま》なく添い寄ります。朧月夜は夕顔と同じ特性も持ちながら、もっと積極的に自分から行動し、恋に忠実になり情熱的に燃えようとします。夕顔より淫《みだ》らな感じがしないのは、それからの朧月夜が源氏に対して受身だけではないのと、全くその愛に打算が伴わないからでしょう。

朧月夜の屈託《くったく》のない明るさは、生まれと育ちのよさを反映していますが、やはり

朧月夜の君

右大臣の六の君。桐壺帝と姉弘徽殿の女御の子である東宮（源氏の異母兄）の婚約者。朧月夜の君との関係が、それまであまりに恵まれていた源氏の運命に翳りをもたらす。

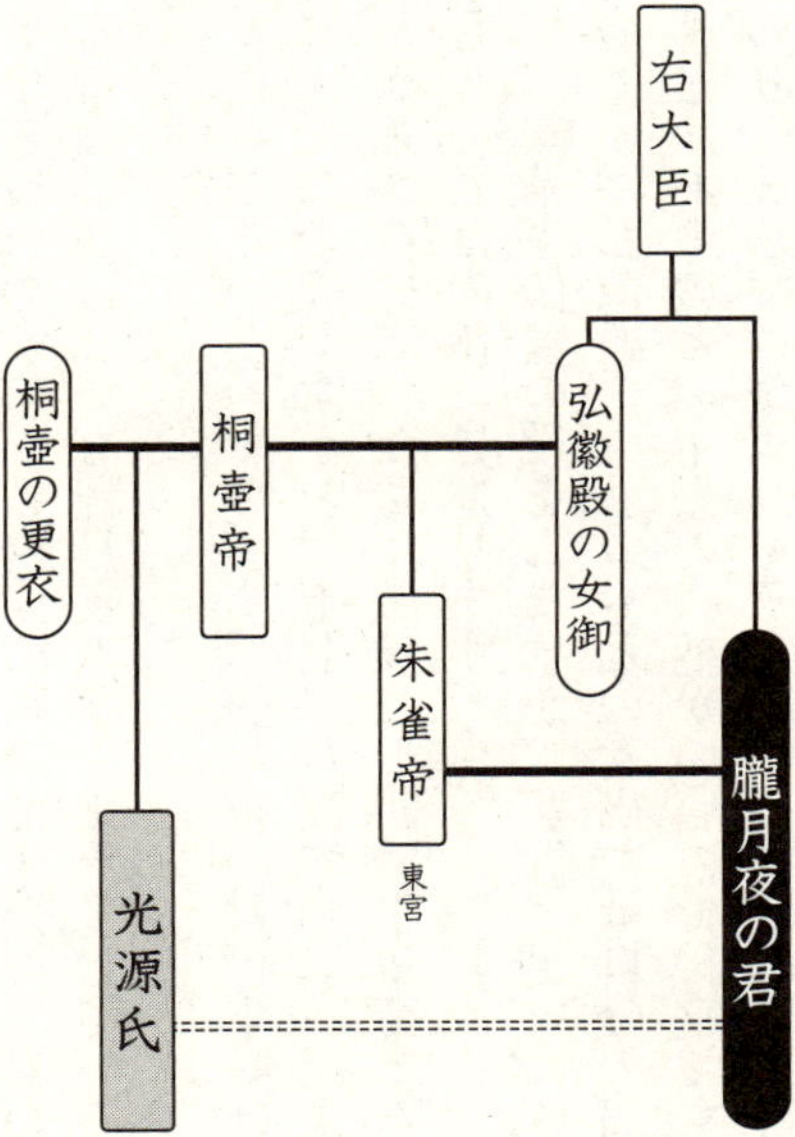

天性のものだと思わせます。自分から官能の歓《よろこ》びを需《もと》めることに卑下しない鷹揚《おうよう》さは、むしろ現代の若い女性に通じるものを持っています。

源氏との不始末が知られて、朧月夜は東宮妃になる運命に狂いが生じました。

あきらめない弘徽殿の女御は、ふしだらな妹を御匣殿《みくしげどの》として宮仕えさせます。御匣殿は宮中の衣服を調製する役所の女官を監督する役職ですが、天皇の寝所に侍《はべ》ることも多いのです。朱雀帝《すざくてい》は裏切られても朧月夜の君をまだ愛しているので、他の妃たちより寵愛しつづけます。

はじめて源氏に逢ってから二年がたっています。朧月夜の君の年齢は書いてありませんが、花宴の時が源氏が二十歳ですから、十七、八歳でしょう。朱雀帝は源氏より三歳年長です。それからさらに二年たち、源氏二十四、朱雀帝二十七、朧月夜二十一、二歳の時、朧月夜の君は尚侍に昇進します。

尚侍は天皇に常侍して、奏請《そうせい》や伝宣《でんせん》の役をしますが、女御、更衣に準じ、天皇の寝所に侍ることが多いのです。弘徽殿の大后《おおきさき》（もとの女御）は自分の局を朧月夜に使わせます。大后の後押しがあるのと、本人の人柄がいいので後宮でも人気があり、帝の寵愛はますますつのり、後宮では誰よりも華やいでいます。

それでも朧月夜の君は内心ずっと源氏を愛しつづけて、ひそかに文通をつづけ危ない密会も重ねています。帝が五壇《ごだん》の御修法《みずほう》のため潔斎《けっさい》している隙を盗んで、大胆な密会をします。二人が出逢った思い出の細殿《ほそどの》での忙しい密会は、すぐそばを人の足音がするところなので、今の身分の朧月夜の尚侍にとっても源氏にとっても命がけです。朧月夜の君は大輪の花が咲き誇ったような美しさです。朧月夜の君は自分の感情をためることなどせず、源氏から便りがないと、自分から危険を冒《おか》して源氏に手紙をやるようなこともするのです。右大臣家の藤《とう》の少将に、密会の場から朝帰りするのを源氏は見咎められて、厭味《いやみ》をいわれたりします。

抑えきれぬ藤壺への恋情

この間に桐壺院は崩御し、天下の権力は右大臣側に移り、源氏の身辺にようやく隙間風が立ちはじめています。

桐壺院の死は、最後の遠慮も除き、源氏にとっては、藤壺の中宮への恋情を、歯止めのきかないものにします。

三条の里邸《さとやしき》へ帰った藤壺を、王命婦《おうみようぶ》の手引きで襲う源氏に藤壺は恐怖さえ感じます。藤壺にようやく逢えた嬉しさにわれを忘れてかき口説《くど》き、若い情熱で迫る源氏に心身を使いはたし、藤壺はそのあげく胸がさしこんで急病になります。あわてた命婦やその手下の弁《べん》は、ただならぬ藤壺の状態に脅《おび》え、源氏を外に逃がす間もなく塗籠《ぬりごめ》に押しこみます。三方壁の押入れのようなところです。

この時、命婦は源氏の脱ぎ捨てていた衣類をかき集めて持っていて、それを塗籠に入れる閑《ひま》もなく、かくしもっていなければならないので、気が気ではありません。

つまり源氏はこの時、裸だったということで、裸で一晩中、藤壺をさいなんでいたということです。

想いは遂《と》げても女は心を開かず、あくまで冷たく対応したので、源氏の屈辱と心の欲求不満は癒《いや》しようがなく、ほとんど、理性も失ってしまい、ふぬけのようになって、明るくなっても出ようとしなかったと書かれています。そのため、藤壺は一種のヒステリー症状になり、失神してしまうのでした。

命婦たちは藤壺の症状に危機感を持ち、藤壺の兄の兵部卿《ひょうぶきょう》の宮や中宮の大夫《だいぶ》を呼びよせてしまいます。祈禱僧《きとうそう》を呼べなど、人々の騒いでいる声が塗籠の中の源氏には聞こえてくるので、気が気ではありません。しかし、藤壺の状態は一種の思いつめたあげくの急性ヒステリー発作ですから、夕暮れには落ち着いてきました。安心して宮も大夫も引き上げます。

命婦は源氏が塗籠にいるなど、もちろん藤壺には一言もいえません。また発作が起こっては大変です。源氏は塗籠の中で、その日は朝から夕暮れまで呑《の》まず食わずです。恋も苦行なものです。生理現象の方はどうしたかと、ついおせっかいな心配までしてしまいます。この時代は、おまるを使用し、男は外出には尿筒《しとづつ》というのを持っていました。押入《おい》れみたいなところだから、そんなものも入っていたかもしれません。そういう尾鰭《ひれ》なことに紫式部は筆を汚しません。たぶん衣類も、弁がどさくさまぎれに投げ入れたのでしょう。

源氏はそうっと塗籠の戸を開け屛風《びょうぶ》の陰にかくれて藤壺の部屋へ出てしまいました。藤壺は源氏はとうに帰ったものと思っているので、くつろいで、

「まだ気分がとても悪い。こんなことでわたしはきっと死んでしまうのだろう」

などとため息まじりにつぶやいています。

一人子を産み、成熟しきった女は、寡婦《かふ》になった愁《うれ》いの翳《かげ》を滲《にじ》ませて、このうえなく美しく見えます。どんなにつれなくされても、源氏はこの女から離れられないと思い、藤壺の袿《うちき》の裾をちょい、ちょいと引っぱってみます。藤壺はそれと同時にえもいわれぬ匂いに包みこまれて源氏だと気づき、その場につっぷしてしまいました。そばに寄ってかき口説きながら抱こうとする手を逃れ、着ているものを脱ぎ捨てて身ひとつで逃げる藤壺は、自分の黒髪がすでに源氏の拳にしっかりと摑《つか》まれていたのに気づきます。

「いと心うく、宿世《すくせ》のほど思《おぼ》し知られて、いみじと思したり」

と、この時の藤壺の気持ちが書かれています。何とも情けなく辛く、前世の悪縁

がよくよく深いのだろうというのです。抵抗する力も萎《な》えはてた藤壺の悲しさと、声にもならぬ慟哭《どうこく》が聞こえてくる場面です。

この黒髪の使い方のうまさはどうでしょう。源氏の引く黒髪が、女の背を弓なりにのけぞらせながら、引きつけられていく、ほとんど裸に近い女の体が目に浮かびます。

その日も源氏は泊まりこんだのでした。源氏が夜を徹して熱情的になればなるほど、藤壺の心はいっそう固く鎧《よろ》われてしまったのです。

藤壺は源氏との間にできた、今は東宮になっている子供を、やがては天皇にしたいという切望を抱いています。そのためには後見のない幼い東宮に、源氏はなくてはならない人物なのです。しかし、こんな不倫の仲が洩《も》れたが最後、東宮の前途はありません。どうやって、源氏の邪恋《じゃれん》を斥《しりぞ》けられるか、考えつめ思いつめた果てに、藤壺は一つの結論に達しました。桐壺院の一周忌の法要の後、法華八講《ほっけはっこう》を盛大に営み、その最後の日に、突如として、出家得度《しゅつけとくど》してしまったのです。

『源氏物語』で最初に出てきた女人《にょにん》出家の場面です。比叡山《ひえいざん》の天台座主《てんだいざす》が戒師《かいし》となり横川《よかわ》の僧都《そうず》が剃髪《ていはつ》の鋏《はさみ》を入れました。その時、

「宮の内ゆすりて、ゆゆしう泣きみちたり」

とありますから、やはり、出家は、当時の人にとって悲しかったことなのでしょ

う。出家すれば、仏教の戒律によって性は絶たねばなりません。当時の人々は、まだ仏教の戒律に対する懼《おそ》れを、今では想像できないほど厳しく抱いていたのでしょう。僧侶は聖なる人と崇《あが》められるだけの修行をし、戒律の遵奉者《じゅんぽうしゃ》でなければなりませんでした。

あらゆる層の女に手当たり次第手をつけた源氏が、守った恋の禁忌《きんき》は二つです。尼僧は絶対犯していません。それから血の繋《つな》がった母と娘は、二人を犯してはいません。

藤壺は女を捨て母を採《と》ったのです。出家以後の藤壺は、源氏を上手に懐柔《かいじゅう》して、東宮を守らせます。もちろん、源氏は藤壺に破戒などはさせず恋をプラトニックなものに浄化してゆきます。

われから招いた危険

桐壺院に死なれ、藤壺に出家され、ひとり取り残された淋しさのうえ、右大臣一派の専横《せんおう》を目の当たりにして、源氏の心は半分やけになります。その失望と虚脱感を埋めるため、里帰りしていた朧月夜との密会を、右大臣邸で重ねるという危険なことにあえて挑むのでした。おこりを患い養生に里帰りした朧月夜から誘ったものです。しかしその邸には当時、弘徽殿の大后が長く滞在していたのです。何とも大胆な、また浅慮《せんりょ》な二人の行動でしょう。

そんなある日、夜中にもの凄《すご》い雷鳴がとどろきました。怖がって女房たちがみんな朧月夜の部屋に逃げこんできたので、源氏は帳台《ちょうだい》の中から出られなくなりました。

そこへ右大臣が見舞いに来て、あわてて帳台から出て迎えた朧月夜の衣類の裾に薄藍色《うすあいいろ》の男帯が引きずられているのを見つけます。しかも帳台の下に男物の畳紙《たとうがみ》が落ちていて、そこにすさび書きされているのは見覚えのある源氏の手蹟《て》なのです。かっとなった右大臣は前後の見さかいもなくなり、帳台の帳《とばり》をいきなり引きあけると、横になった右大臣源氏がしれっとした顔で、申しわけのように顔をかくそうと夜具を引き上げるのです。

この決定的な場面を迎えたのは、むしろ源氏の絶望感がわれから招きよせたようなものでした。不注意で無防備で、挑発的です。

この事件が直接の原因となり、源氏は須磨流謫《るたく》という運命に追いつめられていくのです。

藤壺の出家と、右大臣邸の密会の場の露見という、二つの大山場が、「賢木《さかき》」の帖に並んでいるのは、全く壮観としかいいようがありません。

第８章　明石の君と玉鬘

朧月夜の君との密会現場が右大臣に目撃されたことから、光源氏は官位を剝奪《はくだつ》され、あまつさえ、遠流《おんる》の刑が定められそうになります。

帝の寵妃を寝取ったというだけで流刑《るけい》とは罪が重すぎます。源氏を憎くてならない弘徽殿《こきでん》の大后《おおきさき》は、この機会を利用して、源氏が後見役を引き受けている東宮を帝位につけたいため、朱雀帝を倒そうという反逆をもくろんでいるというでっちあげの陰謀をつくり、右大臣たちを煽動《せんどう》して、色事の罪を一挙に大逆罪《たいぎゃくざい》にまでフレームアップしようと謀《はか》ったのでした。

それに気づいた源氏は、そんな恥を見ないうちに、自分から都を捨てようと考えます。いわば、自発的流刑、都落ちなのでした。

京で生まれた京育ちの源氏にとって、都を遠く離れた田舎の須磨で暮らすということは、想像の外の淋しさであり辛さでした。住居も粗末だし、訪れる人もないし、まともに話し相手になるような人物はいません。どこまでもといって源氏に従ってきた忠誠な家来だけが一緒に暮らしています。

京に残してきた愛する女たちに手紙を書くことを日課にしても、その返事を見るまでには幾日もかかります。源氏は生まれてはじめて味わう孤独と寂寥感《せきりょうかん》にさいなまれます。伊勢の六条御息所からも、やさしい手紙が来るし、朧月夜の君からでさえ危険を冒して便りが届きます。まるで、出家僧のような清らかでつつましい一年が過ぎていきます。

須磨に近い明石に、その頃、変わり者の入道が住んでいました。もとは都の人で、父は大臣までつとめた家柄です。故桐壺の更衣と入道は、父方の従兄妹という関係になります。今は六十歳くらいで、播磨《はりま》の国司《こくし》になってこちらへ来たまま、退官後も都に帰ろうとはせずに、明石で暮らしています。偏屈者で一徹で、出家して勤《ごん》行三昧《ぎょうざんまい》の毎日でした。

受領生活を長くしたので、財産はたっぷりできていて、妻や娘を住まわしている家も、海辺と山の方に二つもあり、豪壮で、造りはすべて京風です。一人娘の将来だけが入道には気がかりで、娘だけは都の高貴な人にさし上げたいという願望を持っています。娘の教養もその時のためにぬかりなく身につけさせています。

そこへ、近くの須磨に源氏が来たというので、入道はこの人こそ娘にと、目をつけます。入道の妻は、あんな流刑者の罪人に娘をやることがあろうかと反対です。

娘は紫の上より一つ年下で、格別の美人ではないけれど上品で聡明で、教養も趣味も申し分ありません。特に琵琶を得意としています。父入道の影響か、妙に気位が高く、なまじっかな都の女より誇り高くとりすましています。

国司をはじめ近在の家柄の男たちがたくさん求婚してきますが、入道も娘も全く相手にしません。入道はかねがね、

「自分の死後、つまらない男と添わなければならないようなら、いっそ海に身を投げて死んでしまえ」

といい渡してあります。

源氏が来て二年目の三月、突然、須磨に大暴風雨が襲い、源氏は危うく命も落としそうな恐ろしい目にあいました。配所も嵐のため一晩で、ひどい被害を受けました。恐怖と落胆にしょげかえっている源氏のところへ、明石の入道は船を仕立てて迎えに行きます。

源氏は先夜、父帝が夢にあらわれ、「この浦を立ち去れ」と告げられていたので、

このことかと思い、入道の請うままに、須磨を捨て、明石の海辺の入道の邸へ移りました。

須磨とはうって変わった快適な生活の中で、衣食住もすっかり京風になりました。頃合を見て入道は娘のことを源氏に話し、自分の意志をほのめかします。

源氏は興味を覚え、娘に手紙をやります。山の邸に住んでいる娘からは、筆跡も歌も、都の姫君たちに比べても遜色《そんしょく》のない返事が来ます。ただし娘はなかなか誇り高く強情で、そうやすやすとはなびきません。それがかえって刺激になって、例の源氏の心癖を捕えます。結ばれるまで時間は予想以上にかかりましたが、入道の念願はついに叶い、源氏はどこか六条御息所を彷彿とさせるこの女に満足しながらも、この噂が京の紫の上に伝われば、どんなに嘆き苦しむだろうと思い、自分からこのことを告げてやるのでした。源氏は次第にこの明石の女にのめりこんでゆきます。

年が改まり、六月頃、明石の君が懐妊していることが明らかになりました。それからわずか一カ月後、都の朱雀帝から、突然、源氏の罪を解き、すぐ帰京せよという宣旨《せんじ》が届きました。あまりの突然のことに源氏は喜びながらも、明石の君との別れに苦しみます。

最後の夜、それまでどんなにせがまれても聴かせなかった琴を、明石の君は源氏の琴を渡されてはじめて弾きました。それは予想以上に上手で、源氏の心に深くし

明石の君

源氏の母桐壺の更衣の従兄妹**明石の入道の娘**。一人娘を都の高貴な人と結婚させたいという願望を持つ入道は、須磨に流されてきた源氏に目をつけ、目的を遂げる。

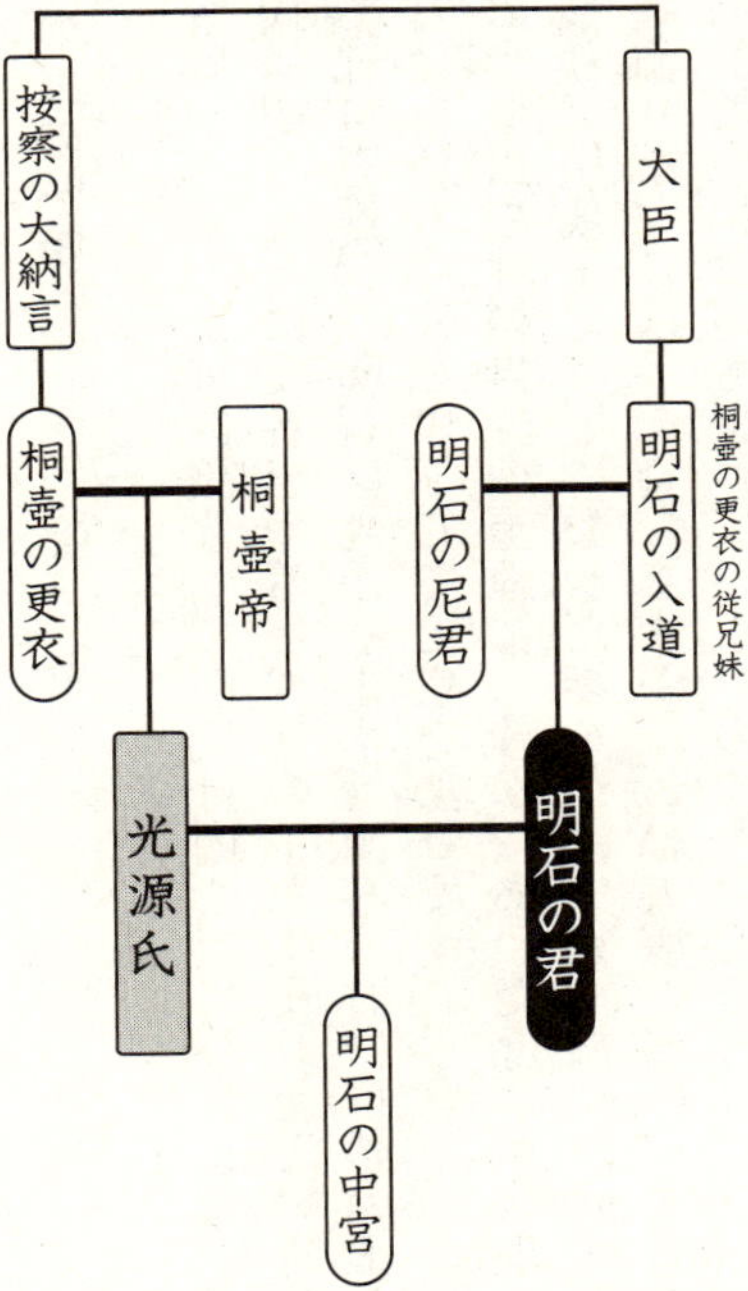

みました。源氏はその琴を形見に贈ります。

二年五カ月を過ごした配所から、入道一家と悲しい別れをして、源氏は都へ帰っていきました。帰京後の源氏を待ち受けていたものは、想像もできなかった華々しい復権と栄達《えいたつ》の路《みち》でした。

明石の君と紫の上の明暗

帰京の翌年、朱雀帝は十一歳の東宮に譲位し、源氏は内大臣になります。源氏二十九歳の春です。源氏は明石の君に使者をやると、女の子が生まれたという報告を受けます。源氏は京で乳母を選び、明石に赴かせます。明石の君に母娘《おやこ》の上京をすすめますが、明石の君は自分の身分を卑下して上京を渋ります。

明石の入道は嵯峨《さが》の大堰川《おおいがわ》の畔《ほとり》の自分の土地に、昔からあった邸の大修理をして、自分はひとり明石に残り、娘親子に、尼になった妻をつけて京へ旅立たせました。源氏は邸の造園や部屋飾りなどには手を貸しますが、この大堰の邸は、すべて入道の出資で、源氏は経済的な負担は何も蒙《こうむ》っていないのです。

この別宅、今の言葉でいえば妾宅《しょうたく》とか、愛人の家というところに、源氏は月に二回しか訪ねてやれません。二条にある源氏の邸から、嵯峨の嵐山《あらしやま》まで、今なら車で三十分もかかりませんが、当時は牛車《ぎっしゃ》で来れば片道三時間はかかったでしょう。

それにその頃、源氏は一種の恐妻家になっていて、紫の上の御機嫌をとることに没頭しています。流謫《るたく》の間に苦労をかけたうえ、明石で女をつくり子まで産ませているのですからひけ目があります。それで嵯峨へ行く時も、口実が必要なので、御堂《みどう》を建て、その仕事ぶりを視察に行くとか名目をつくるわけです。明石の君のところに泊まっても、せいぜい一晩か二晩です。

その御堂なるものが、現在の清涼寺《せいりょうじ》に当たります。

「造らせたまふ御堂は、大覚寺《だいかくじ》の南にあたりて……」

と原文にあります。その頃大覚寺とすでに呼ばれていたのは、現在の大覚寺のことで、もと嵯峨天皇の別荘だった場所です。

当時、嵯峨には天皇や貴顕《きけん》の別荘が多く、清涼寺もまた、源融《とおる》の別荘「棲霞観《せいかかん》」の跡で、今では五台山と山号を持つ名刹《めいさつ》になっています。境内《けいだい》には融の墓もあり、これは鎌倉時代のものです。融の供養塔は、京都には渉成園《しょうせいえん》にもあります。

源氏は訪れるたびに、馴《な》れてきて可愛らしくまつわり、帰りぎわには後を追う小さな姫君の将来を考えて、身分の低い生母では姫君に傷がつくと思い、本邸に引き取り、紫の上に育てさせようと考えます。

源氏はかつて星占いをした時、

「御子三人、帝《みかど》、后《きさき》必ず並びて生まれたまふべし。中の劣りは、太政大臣にて位を極《きは》むべし」

と予言されています。

藤壺との間の子はすでに帝位についたし、長男夕霧《ゆうぎり》が太政大臣になるのは時間の問題です。明石の姫君が占い通り后になることを源氏は信じているのです。そのため、この小さな姫君は今から、高貴の姫君として育てる必要があるのです。今は准太上天皇の藤壺の尼宮の姪に当たる紫の上の身分は、申し分なく高貴なのでした。

源氏は紫の上を説得します。もともと子供好きの紫の上は幼い姫君を引き取ることに文句はありません。その子可愛さに源氏が明石の君への愛情をいやますかもしれない心配も、取り除かれるというわけです。

問題は姫君の生母明石の君の気持ちです。もちろん、明石の君は、源氏の提案を聞いた時、思い悩みます。ただでさえ淋しい嵯峨の暮らしから、姫君まで奪われたら、どうしたらいいだろう。源氏が訪れるのは、自分への愛以上に、姫君可愛さに惹かれていることを聡明な明石の君は見抜いているからでした。

姫君を紫の上にゆだねることに賛成し、姫君の将来のために手放すことを、積極的に明石の君にすすめ、決意させたのは母の尼君なのでした。

紫の上を最高の女性、理想的な女性と書きながら、紫式部はなぜか子供を産ませていません。これは作者の実に周到な計算によるものでしょう。紫の上にもし子供があれば、明石の君の出世物語が成立しなくなります。

いよいよ源氏につれられて姫君が京の二条院《にじょうのいん》につれ去られる日の、子別れの場面は、一つの重要な見せ場です。紫式部はこの場面を実に申し分なく悲劇的に書き、読者の涙をしぼるように仕上げています。

紫の上はこの姫君を可愛がり、実母のようにやさしく育て上げます。源氏は六《ろく》条院《じょうのいん》というハーレムを造り、そこに愛する女たちを集めて暮らす時、明石の君もその中に数えます。紫の上につぐ大切な女として他にも認めさせるわけです。そして明石の姫君が占いの予言通り、十一歳で女御として入内する時には、紫の上のすすめで後見人として明石の君は宮中へついてゆきます。父入道の夢をすべて叶え、明石の君はこのうえない幸運な晩年を送ります。

これは一種のシンデレラ物語と見ることもできましょう。紫の上が最も嫉妬したのは、この明石の君でした。嫉妬させるだけの源氏の愛を得る魅力と聡明さを具えてもいたからでしょう。

玉鬘のシンデレラ物語

もう一人、明石の君以上にシンデレラ的要素を持って登場するのが玉鬘《たまかずら》です。玉鬘はあの夕顔の忘れ形見で、幼い時、生母に別れてしまいます。夕顔が雲隠れにあったように、杳《よう》として行方不明になったため、乳母は四歳の玉鬘を育てていましたが、夫が大宰《だざい》の少弐《しょうに》になり、一家で夫の赴任先の筑紫《つくし》に行く時、この幼い姫もつれて行ったのでした。それで玉鬘は筑紫で二十歳まで過ごしてしまいます。それは乳母の夫が、任期を過ぎても京へ帰る気力もなく、筑紫で歿《ぼっ》してしまったからです。乳母の息子や娘たちもそれぞれ、その地で所帯を持ち、土地を離れにくくなっていました。

玉鬘は成長するにつれ母譲りの美しさが匂うばかりになり、噂を聞いて求婚者も跡をたちません。乳母は都の貴人を父に持つ姫君を、こんな田舎の男と結婚させられるものかと思い、断りの手段として、結婚できない体だといいふらし、それを口実に求婚を断りつづけます。

ところが肥後《ひご》一円に広大な土地を持つ有力者の大夫《たいふ》の監《げん》という者がいて、玉鬘に懸想《けそう》して、どんな体でもいい、妻にしたいとしつこく求婚してくるのです。乳母の息子の二郎と三郎は監に買収されて、この縁談を断れば、自分たちはこの土地で暮らせなくなるといいだす始末です。長男の豊後介《ぶんごのすけ》が乳母と相談して、ひそかに船を用意して、玉鬘をつれて都へ逃げ帰ることにします。豊後介は足手まといの妻子まで捨ててゆきます。

こうして一行はひそかに船で夜逃げして、瀬戸内海を一路都をさして漕ぎ上りました。

どうにか無事京に帰っても、長い歳月留守にしたので知人もなくなり、勤め先もなく、一行はたちまち暮らしにも困窮《こんきゅう》してきました。

豊後介は真面目で誠実な男で、姫君大事とよく仕え、神仏に頼むしかないと、玉鬘を石清水《いわしみず》の八幡《はちまん》や初瀬《はつせ》の長谷寺《はせでら》へ観音詣《かんのんまい》りにつれて行きます。歩いた方が霊験《れいげん》があるというので徒歩で行き、玉鬘は足を痛め、命も絶え絶えに弱りはてて初瀬の麓《ふもと》の椿市《つばいち》にようやくたどりつきました。もう一歩も歩けない状態なので、その夜は宿をとりました。その同じ宿へ泊まり合わせたのが、夕顔とともに行方不明になっていた右近《うこん》だったのです。

右近は源氏に引き取られ、身近に仕えて何不自由なく暮らしていましたが、一日として行方の知れない幼い夕顔の忘れ形見を忘れたことはありません。姫君に会わせて下さいと願をかけ、長谷寺詣りをしていたのです。このめぐり逢いに、右近も乳母も手を取りあって嬉し泣きにむせぶばかりです。

成長した姫君を身近に見た右近は、母の夕顔より美しいことに驚嘆します。

京へ帰って、右近はこの話を源氏に報告しました。源氏も夕顔の忘れ形見を何とかして探したいと思っていたので大喜びし、実父の内大臣（もとの頭の中将）には知らせず、自分の邸へ引き取り、自分の実子が見つかったと世間にはごまかしておこうと考えます。内大臣にはたくさんの姫君もいるし、突然名乗り出ても、苦労するだろうというのです。

結局、玉鬘は源氏の六条院に引き取ることになり、東北の町に住む花散里《はなちるさと》の君のところに預けることになります。

故桐壺院の女御の一人に麗景殿《れいけいでん》の女御という人がいて、その人は皇子も内親王も産まなかったので、桐壺院の亡くなった後は、頼りない身の上になっていました。源氏はその人に同情して、何かと暮らしの保護をしていました。その人の妹が花散里の君で、源氏は宮中でほんの時たま短い逢瀬を重ねた仲でした。

源氏の女たちの中で、花散里ほど無個性で魅力の乏しい、印象の薄い女もありません。はっきり美人ではないと書いてあります。

ところが、源氏はなぜかこの人を見捨てないどころか、紫の上につぐ大切な人として扱い、六条院へ招いて東北の町を与え面倒を見つづけるのです。性質がおだや

玉鬘

源氏のライバル**頭の中将の娘**。夕顔の忘れ形見を見つけた源氏は実父頭の中将には内緒で、自分の子として自邸に引き取る。玉鬘はたちまち、若い貴公子たちの憧れの的となった。

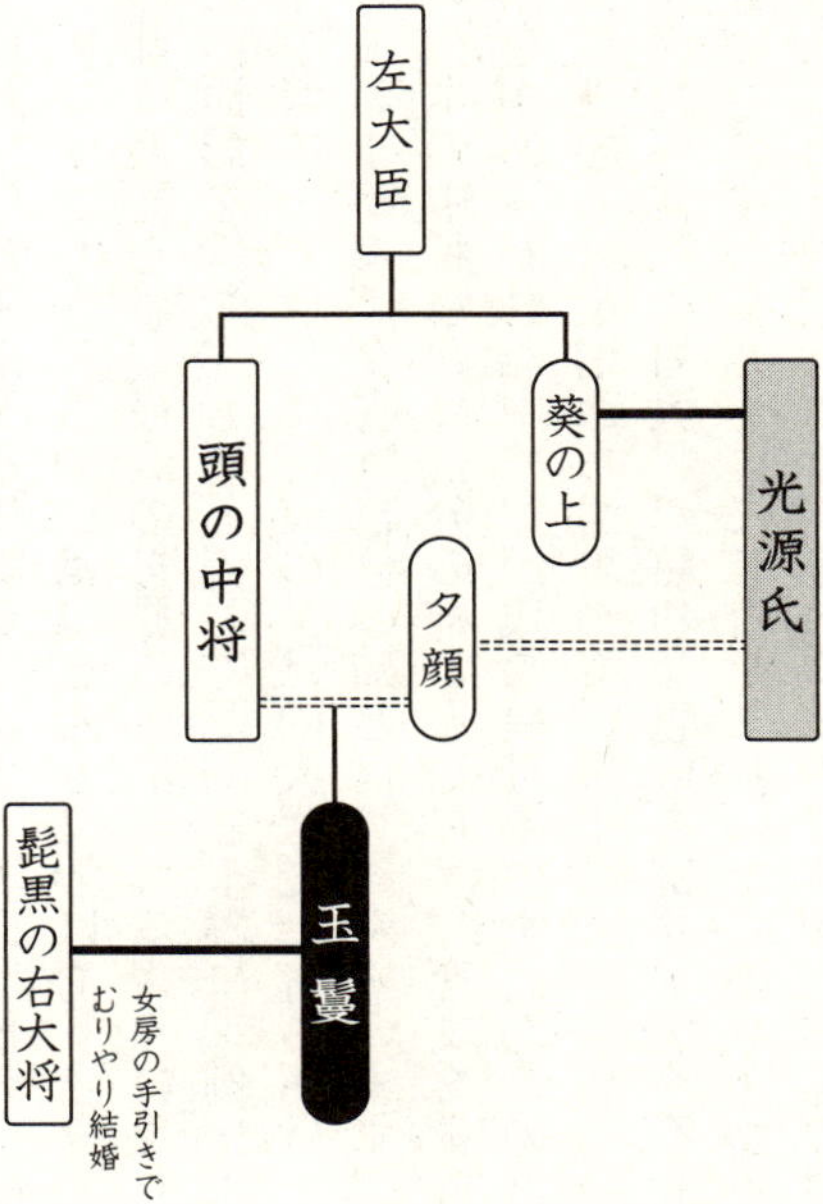

かでやさしく、裁縫などがうまく、ドメスティックな女というタイプでしょうか。源氏はこの人を信頼して、息子の夕霧の母代わりになって面倒を見てくれるよう頼みます。花散里は喜んで夕霧の世話をします。その夕霧さえ、源氏はどうしてこんな不美人を恋人の一人にしているのかと不思議がります。源氏は花散里に逢うとほっと心が安らぐというのです。しかし性的にはほとんど交渉はありません。

玉鬘はこの花散里の邸に迎えられ、最高の貴族の生活をするようになります。源氏は忘れられない夕顔の面影を持ち、もっと美しく聡明な玉鬘に、例によって怪《け》しからぬ愛情を抱きます。紫の上だけには、実の父は内大臣だと打ち明けてありますので、紫の上は油断していません。夕霧は自分の姉と信じこんでいます。血のつながった内大臣の息子の柏木《かしわぎ》の中将などは自分の姉とも知らず、恋文をよこしたりします。さまざまな求婚者があらわれた中で、源氏の異母弟の蛍兵部卿《ほたるひょうぶきょう》の宮と結婚させようかと源氏は考え、玉鬘も宮を憎からず思っています。

ところが全く思いがけない髭黒《ひげくろ》の右大将が熱烈な思いを寄せ、全く不意に、女房の手引きで玉鬘を自分のものにしてしまいました。これは全くのレイプです。玉鬘はこの右大将に犯されたことを口惜しがり、嫌いぬくのですが、髭黒の右大将は、ヒステリーの妻と別れてまで玉鬘に執心し、離しません。

冷泉帝も玉鬘を入内させたい気持ちがあったので、この思いがけない顚末に御機嫌斜めです。

一番ショックを受けたのは源氏です。掌中《しょうちゅう》の珠《たま》の玉鬘を鳶《とんび》に油揚げさらわれたような形で奪われてしまったのです。しかし、ここで騒げば自分の監督不行届きが世間に嘲《わら》われることになります。すでに、事情を打ち明け、親子の対面をさせてしまった内大臣にも会わす顔がありません。

髭黒の右大将は家柄も最高で、最終的には太政大臣にもなった人物なので、結婚の相手としてはそう悪くもないのです。ただ名前でも想像できるように無骨で、美男子ではなかったのでしょう。

結局、玉鬘は、この人と正式に結婚し、男の子を三人も産みます。心の進まぬ結婚ではあったものの、三人の子までなした間には、夫の頼もしさも誠実さもわかり、落ち着いた北の方におさまっていきます。最後は太政大臣の北の方にまで出世するのですから、これこそシンデレラ物語です。

玉鬘の巻は「玉鬘十帖」といわれるほど長いのです。通俗小説の面白さがあるので、後宮の女房たちには大受けしたのではないでしょうか。

第9章　女三の宮

『源氏物語』五十四帖は三部に分け、第一部を「桐壺」から「藤裏葉《ふじのうらば》」まで三十三帖、第二部を「若菜《わかな》」から「幻《まぼろし》」まで八帖、第三部を「匂宮《におうのみや》」から「夢浮橋《ゆめのうきはし》」まで十三帖とするのが、一般的に通っています。

第一部は光源氏の両親の純愛から説きおこし、源氏の誕生から三十九歳までの半生の話、恋や結婚、浮気、純愛、政争等々の人生経験を描き、流刑の挫折、そこからの復権等々もあります。多くの愛する人との愛別離苦《あいべつりく》を経て、六条院《ろくじょうのいん》という壮大なハーレムを築き、栄華を極めるという、ドラマティックで華やかな、流謫《るたく》でさえも恋に彩《いろど》られた歳月でした。

ところが第二部「若菜」から、突然様相一変して、源氏の生活に暗い霧がただよいはじめます。『源氏物語』は「若菜」だけを読めばいいなどという人さえ出てくるほど、昔から「若菜」は傑作の中の傑作の帖だと定義づけられています。「若菜」は上下になっていて、それだけでも一冊の小説本ができる量を備えています。

源氏はすでに四十歳になっています。当時の社会では四十歳といえば、四十《しじゅう》の賀《が》というお祝いをするのです。今の還暦の祝いくらいに当たるのでしょうか。長命を寿《ことほ》がれるのですから、ここから老人の仲間入りをするわけです。当時はみんなが短命でしたからこういう感じなのでしょう。

紫の上はようやくこれで源氏も落ち着いて、まさか新しい漁色《ぎょしょく》などに浮身をやつすこともなく、自分と二人の静かでおだやかな生活を守ってくれるだろうと期待しています。

ところがここに、誰も予期しなかったとんでもないことが起こりました。四十歳の源氏に新しい縁談が持ち上がったのです。

源氏の兄で、最愛の朧月夜の君を源氏に盗まれつづけている朱雀帝は、今では帝位を源氏と藤壺の間に生まれた冷泉帝に譲り、朱雀院となって気楽な生活を送っています。愛妃たちもみな自由にさせて、身辺の整理をしています。朱雀院はかねてから出家の願望を持っていたからです。ここで最後のほだしになって朱雀院を悩ませるのが、御子の中でも最も鍾愛《しょうあい》している女三の宮なのでした。

女三の宮の生母は藤壺の尼宮の異母妹に当たります。更衣腹《こういばら》なので女御になっても勢力がなく、華やかな朧月夜の尚侍《ないしのかみ》の陰になって、女三の宮を産んだ後、自分の不運を恨みながら死んでいました。朱雀院はこの女御を常に不憫に思っていたので、充分愛してやれなかったことを悔み、忘れ形見の女三の宮にいっそう愛憐の情がつのるのでした。

院には東宮のほかに四人の姫宮がいるのですが、なぜか女三の宮だけを偏愛していいます。自分は出家するつもりだから、その前に女三の宮の結婚を決めてしまいたいと思います。

朱雀院は、主だった乳母《めのと》たちと相談して女三の宮の婿選びをします。夕霧の中納言とか、柏木の右衛門督《うえもんのかみ》とか、蛍兵部卿《ほたるひょうぶきょう》の宮とか、求婚者や候補者が挙げられますが、帯に短し、襷《たすき》に長しで、朱雀院は迷いつづけます。

内親王は普通結婚しないのが常識とされていましたが、女三の宮は十三、四歳ですが年より幼く、頼りないので、しっかりした後見者が絶対必要なのでした。結局、後見者として一番頼もしいのは源氏だということになりました。

朱雀院の内意を聞いた源氏はすっかり驚いてしまいます。朱雀院に会って、自分の方が早く死ぬかもしれないので、責任は持てないと、固辞します。しかし朱雀院の熱心な懇望《こんもう》を聞いているうちに、女三の宮は藤壺の尼宮の姪に当たるのだから、紫の上と同じで、もしかしたら、恋しい藤壺の尼宮の俤《おもかげ》を伝えているかもしれないと、心が動きます。何といっても本性の色好みが、若くて美しいらしい女三の宮に無関心でいられなくするのです。

そうこうするうち、朱雀院は病気のまま、出家を決行してしまいました。源氏はそんな朱雀院を見舞って、また直接泣きつかれ、とうとう女三の宮の降嫁《こうか》を承諾してしまうのです。

この朱雀院という人は全く不思議な人物です。何度源氏に朧月夜の君のことで煮《に》え湯《ゆ》を呑まされても、なぜか源氏を憎めないのです。むしろ、源氏に対して一目置くどころか、憧憬《どうけい》に似た敬愛さえ抱いています。はじめから源氏に対しては負け犬的感情があります。

朱雀院の懇請《こんせい》に負けた形とはいえ、とんでもないことを引き受けてしまった源氏は、紫の上がこの事態を知ればどんなショックを受けるかと心痛します。

紫の上の動揺

紫の上は明石の君の事件以後は、源氏が朝顔の前《さき》の斎院に執心している時、結婚するのではないかと不安と嫉妬に苦しみましたが、それは杞憂《きゆう》に過ぎて、その後は夫婦の間はほとんど平穏に過ごしてきたし、もう源氏も准太上天皇という立場になれば、軽々しい色恋沙汰は身分上もできないだろうと、そういうことが恥ずかしい年齢にもなったことだしと思い、夫婦二人のおだやかな暮らしがつづくものとばかり思っていたのです。

そこへ降って湧いた女三の宮の降嫁とは、全く青天《せいてん》の霹靂《へきれき》でした。源氏からその話を雪の降る静かな日に打ち明けられた時、表面は案外けろりとした表情で、

「わたくしなどがどうして姫宮を厭《いや》がったりできるものですか。あちらからわたくしを目障りでないとお思いでしたら、安心してここに置いていただけるのですけれど」

と謙遜した言葉で答えます。もちろん、その時から紫の上の心には嵐が吹き荒れています。これは謙遜ばかりではない紫の上の不安がいわせた言葉なのです。

紫の上はこれまで源氏の北の方、つまり正妻の立場をずっと維持してきました。父は兵部卿の宮ですから、身分が低いわけではありません。しかし内親王は絶対です。女の身分としては最高ですから、当然正妻はこちらです。

それに紫の上は、扱いは北の方だけれど、もとをただせば略奪結婚だし、正式の所顕《ところあらわし》をしていません。所顕とは結婚披露宴です。普通、結婚した数日後、新婦の

家で妻の両親や親族と婿は対面します。新婦の家で婿や家来たちには御馳走します。

この頃は通い婚が普通だったのですが、男が通うのが面倒になると、一番子供を多く産んだ女と一緒に住んでしまう例が出ています。しかし、女が自分の生まれた家から外へつれ出されて、そこへ男が通うのも、男の家に一緒に住むのも恥ずかしいとされていました。

紫の上は、幼い時から源氏と共に暮らしてきて、うやむやのうちに源氏の女になったという点で、厳密にいえば正妻ではありません。もう今では、紫の上はそうした自分の立場の弱点もわかっています。女三の宮が降嫁すれば、当然、正妻の地位は女三の宮に奪われるでしょう。紫の上としては心が動揺しない筈はありません。

二月十日過ぎにいよいよ御降嫁になりました。その日のため、六条院の源氏や紫の上が暮らしている東南の御殿の、寝殿の西を女三の宮のお部屋としました。寝殿は一番大切な正殿で、主人の居間、客間として使います。源氏は紫の上と東の対《たい》にほとんど住んでいるのです。

一番格式のある寝殿が女三の宮のお部屋になったことは、紫の上としてはやはり屈辱です。

女三の宮が降嫁した日には、源氏はわざわざ出迎えて、輿《こし》から女三の宮を自分で抱き下ろし、寝殿につれていきます。

盛大な婚礼の饗宴《きょうえん》が連日つづくのも、紫の上にとっては耐えがたい苦痛です。それでも表面はあくまで源氏を救《たす》け、心を合わせているように、婚礼のこまごました支度を手伝ったのです。将来の不安や心細さを決して顔に出さず、不平をいう女房たちをたしなめさえするのです。

そんな紫の上に、源氏はいっそういとしさを感じ、

「わたしの気持ちは決して変わらない。むしろこれまでよりいっそうあなたへの愛を深めるでしょう。気の毒なのは、そんな気持ちのわたしに嫁ぐ女三の宮の方ですよ」

などと慰めるのです。

運命を決定した幻の一瞬

さて、源氏は女三の宮のあまりの稚《おさな》さにあっけにとられます。まだ十四、五の姫宮は子供っぽく未成熟で、何の手応えも魅力もありません。それでも新婚三日間はつづけて花嫁のところへ通わなければならないのです。

紫の上は三日も夜離《よが》れで、ひとり寝するのに馴れていないので、やはり悲しいのに、花嫁のところに出かけていく源氏の衣裳に常より念入りに香をたきしめさせな

女三の宮

源氏の異母兄**朱雀院の姫宮**。朱雀院はこの女三の宮を偏愛し、その結婚相手に、後見者としてもっとも頼りになるとして源氏を選ぶ。朱雀院の懇請は、源氏にとっても青天の霹靂であった。

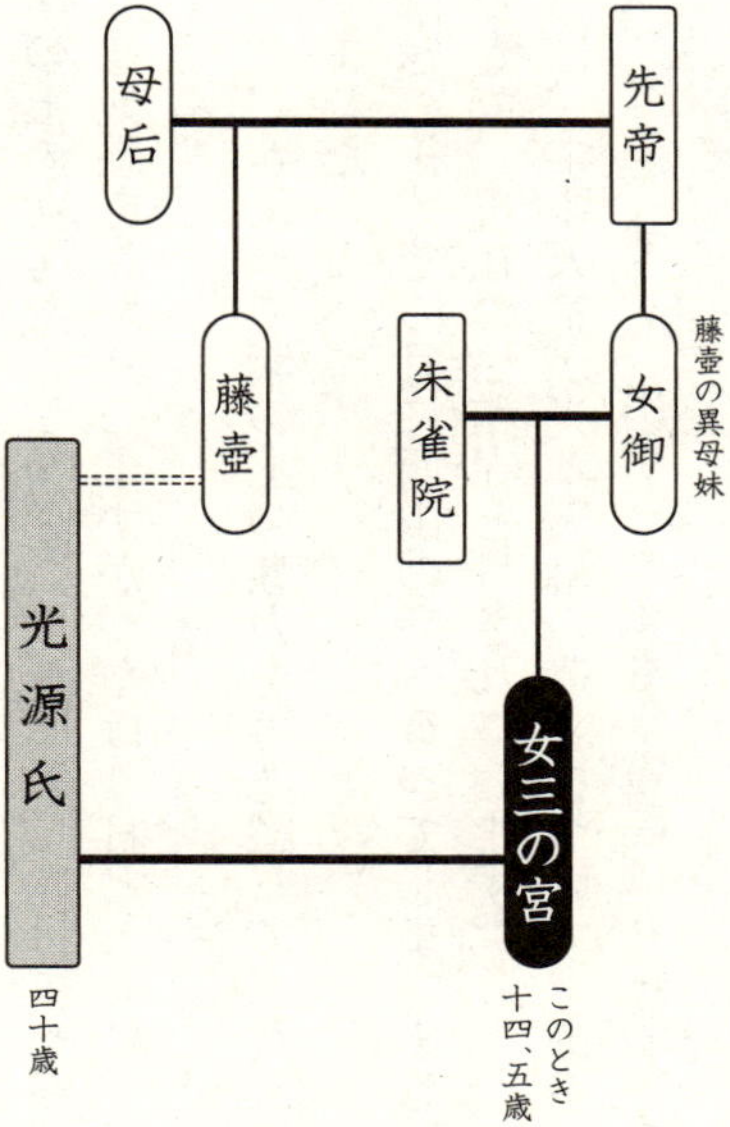

がら、つい物思いに沈みこんでしまいます。紫の上に気がねして、なかなか出かけられない源氏を、

「早く行かないとわたくしが引きとめているように思われていやですわ」

とうながすのも紫の上の役目なのです。紫の上は、夫婦なんて何というはかない不安定な間柄かと思い知ります。

朝帰りした源氏を、紫の上の女房たちがわざと戸を閉めて開けてやらず、雪の寒さの中に立たせるという意地悪をしたりしますが、やはり日とともに、紫の上の立場が薄くなるのは否《いな》めません。

源氏は女三の宮を迎えて、かえって紫の上の魅力を再認識して、女三の宮へはお義理にしか通わなくなりました。

朱雀院は女三の宮の降嫁の後、その月に西山の寺へ行ってしまいました。これはかねて院が建てておいた寺で、現在の仁和寺《にんなじ》と目されています。

仁和寺は現実の歴史では、宇多《うだ》天皇が光孝《こうこう》天皇の遺志をついで、御室《おむろ》に仁和四年（八八八）にお建てになったものです。出家されても朱雀院は女三の宮の身の上を御案じになります。

源氏は院の出家で残され、今は自由の身になっている朧月夜の君とまた逢ってしまい、朧月夜の君はここでも源氏の魅力と誘惑に負けてしまい、濃密な夜を過ごし

てしまうのでした。昔の恋がまた再燃するのです。

それを察し、源氏にすべてを白状させても、もう紫の上の心は昔のように嫉妬に燃えなくなっています。一度深く傷ついた女の心は、源氏に対してもさめていて、心の距離を置くようになっているのでした。

源氏がますますこうした紫の上の魅力に惹かれ、女三の宮はお飾りだけなのを、世間でもいつか噂して、女三の宮に同情が集まっていました。

夕霧の中納言も柏木の右衛門督も、一応は自分が結婚の対象になったこともあるので、今でも女三の宮に憧れています。

そんなある日、二人が六条院の源氏の御殿で蹴鞠《けまり》をしていました。ひとしきり蹴って、寝殿の階段に腰を下ろして一休みしていた時です。二人の目は自然に寝殿の女三の宮のお部屋の方をうかがっていました。

その時、唐猫《からねこ》のまだ小さいのが部屋の内から走り出てきて、それを追って親猫まで出てきました。まだ猫は人に馴れないのか紐《ひも》がつけられていて、それが体にからまり、ほどこうとあわてた拍子に、紐が引っかかって、簾《すだれ》の裾をさっと斜めに引き上げてしまいました。上がったとたん、御簾《みす》の向こうのうす暗い奥に、袿姿《うちきすがた》で立っている女の人影が見えました。紅梅襲《こうばいがさね》らしい華やかな袿を色さまざまに着重ねた上に桜の細長《ほそなが》を着ています。

髪は絹糸をよりかけたように艶々《つやつや》と美しく長く、裾を切り揃えてあるのが、身の丈《たけ》に余り、二十五センチも長いのです。きらびやかな衣裳がいかにも重たそうにかさばり、軀《からだ》の方は本当にきゃしゃで小さく、髪の頬にかかっている横顔が、いいようもないほどみやびやかで愛らしい。たそがれの光なので定かでないだけ、夢の中の人のようにあえかで美しく見えます。猫の鳴き声に気を奪われて見ている女三の宮の表情は明るく鷹揚《おうよう》で、このうえなく可愛らしいのです。

一目で柏木の右衛門督は心を奪われてしまいました。夕霧も見て、走っていって簾を引き下げたいと思うほどです。わざと咳払《せきばら》いをすると、女三の宮はゆっくり奥へ入り、女房たちがあわてふためきはじめました。

柏木は迷い出た猫をすぐさま抱き上げ頬ずりしています。猫に女三の宮の移り香らしい芳《かぐわ》しい匂いがしみているのを、胸深く吸いこみ、うっとり目を閉じています。

この時の幻のような一瞬が、柏木と女三の宮の運命を決定的に変えていくのです。高貴の女は夫以外の男に、たとえ義理の息子であろうと顔を見られてはならないのです。顔を見られるのは寝たと同じような重さで、はしたない、あってはならないことなのでした。

この女三の宮の不用意さは、女三の宮の欠点として数えられていますが、私はこの無垢《むく》で純粋で無邪気さゆえの失態を、さげすむ気にも憎む気にもなれません。こせこせしないこの鷹揚さこそ、末摘花に通じる、本当の高貴さのように思われるのです。

　この一瞬の俤が胸にやきつき、柏木は狂ったように女三の宮に恋いこがれます。女三の宮は十五、六歳、柏木は二十五、六歳、源氏四十一歳の春のことでした。

女三の宮の見事な決断

　この後、柏木はずっと女三の宮を思いつづけ、六年後に女房の手引きで長い恋の想いを遂《と》げるのです。

　女三の宮は夜、目を覚ました時、横に男が寄りそって寝ていたので源氏が来たのだとばかり思いました。ところが男がくどくどと、いかに長い間想いつづけたかなどかき口説きますので、別人だとわかり恐怖します。しかし、いくら呼んでも女房は来ず、柏木にレイプされてしまうのです。

　柏木は長い恋が叶ったと喜びますが、女三の宮には嫌悪の情しかありません。それでも取り返しのつかない過ちをおかしたことは消すことができないのです。

　その頃、紫の上が急に発病して、養生のため六条院から二条院へ移り、源氏もそれについて看病していた留守のことでした。

紫の上は危篤《きとく》になり一時死にかけたのが蘇生しました。源氏はそちらに気を取られて女三の宮を長くうち捨てたままでした。女三の宮は思いがけない密通のことが源氏に知られるのをひたすら恐れ、病気になってしまいます。

源氏は久々に六条院へ行き、女三の宮を見舞いました。その時、柏木の恋文が不用意に置いてあったのを源氏は発見して、事態のすべてを知るのでした。そんな手紙を座布団の下にかくして忘れていた女三の宮の不用意さも、恋文にあからさまなことを書き、逃れられない証拠を残す柏木の不注意も、源氏には許しがたいことでした。

しかも女三の宮は密通の証《あかし》の子を妊《みごも》ってしまうのです。一方、柏木はそれ以来事々に源氏にいじめられ、罪の意識と、ことの発覚後の源氏の底意地悪いいじめに脅え、ノイローゼになり、体は急速に衰弱してゆきます。

柏木は夢に女三の宮が自分の子を妊ったことを知り、喜びとより深い苦悩を味わい、いっそう病状は悪化するばかりです。女三の宮が無事出産、生まれた子は男の子だということが伝わります。

源氏はかつて自分が父帝にそうさせたように、今、妻の産んだ不義の子を抱かされ、世間には自分の子と披露する苦さを存分に味わいます。もしかしたら、桐壺帝は自分が藤壺に産ませた不義の子と知って若宮を抱いたのではなかったかという思いが胸をよぎります。

このあたりは紫式部のすばらしい小説技法です。それは桐壺帝のみの知る真実で、源氏にも読者にもわかりません。でももしそうだとすれば、コキュとされていた桐壺帝が急に大きく、底知れない人物に見えてきます。仏教の因果応報《いんがおうほう》などという言葉では簡単に片づけられない問題だと思います。紫式部の筆づかいもそんなふうには書いていません。人間の抱く矛盾や善悪、理性の及ばない心の闇と煩悩の深さ。それが人間の生涯だということでしょう。

源氏に徹底的に自分の罪を真正面から見据えさせたのは、不義の子薫《かおる》を抱いた時であり、その時を与えたのが女三の宮という点で、これまで事あるごとに思慮が浅いとか、不用意だと、ただ無邪気なだけだと書かれてきた女三の宮に、ずしりとした存在感が生じます。

そのうえ、女三の宮は出産後、程《ほど》もなく、出家を決行するのです。

その前に、この頼りないとばかりに思われていた姫宮が、思いがけないすばらしい歌を詠《よ》んでいます。

それは病床の柏木から、これが最後のような手紙が来て、

いまはとて燃えむ煙《けぶり》もむすぼほれ

絶えぬ思ひのなほや残らむ

とあったのに返事を書くのです。

立ちそひて消えやしなましうきことを
思ひみだるる煙《けぶり》くらべに

あなたの亡骸《なきがら》を焼く煙と一緒にわたしも消えてしまいたい、悲しいことを思い乱れる煙は二人のどっちの煙が激しいか比べるために、という意味ですが、格調の高い、実に張りつめた想いのみなぎる哀切な歌です。しかもその後に、「後《おく》るべうやは」という一言がついています。「後れをとるものですか」という言葉の緊迫感は、むしろ、あなたに遅れて死ぬものですかとも聞こえます。

この激しさは、これまでの嫋々《じようじよう》とした女三の宮のどこから出たものでしょう。女三の宮もすでに二十二、三歳になっています。源氏との結婚生活は八年にもなるのです。柏木に犯されてから一年の苦悩の月日が、女三の宮を突如として、こんな激しい女に成長させ、変貌させたのでしょうか。

そして、父朱雀院が出産以来弱りつづける女三の宮を見舞いに来てくれた時、どうしても出家をしたいといいはり、朱雀院もそれを拒みきれず、その場で出家させてしまいます。あれほど頼んで降嫁させた女三の宮を源氏が大切にしてくれないことを、朱雀院は内心恨んでいたのでした。それならいっそ女三の宮の望みを叶えてやりたいと思ったのです。

「後るべうやは」という強い言葉はここで実現されたのです。瀕死ながらまだ生きている柏木よりも先に、女三の宮は生きながら死んだのです。出家とは生きながら死ぬことなのだと、私は解釈しています。あの頼りない女三の宮の実に潔《いさぎよ》い見事な決断に思わず拍手を送りたくなる場面です。

源氏はこの思いがけない事態に、ただよよと泣きます。あのいつでも負け犬の朱雀院がただ一度、源氏より強く見えたのは、この場面だけです。

女三の宮は、この時ほとんど、源氏を無視しています。

この物語の女たちは、出家したとたん、なぜか心の丈がすっと源氏より高くなり、源氏を見下すような感じになります。

柏木は、女三の宮の出家のことを聞くと、泡の消えるように死んでしまいました。泡のようにという表現は何という哀れな、でもしみじみ心をうつ言葉でしょうか。恋に燃えつきた柏木の死を実にいいえて妙な表現です。私は後を追うようにと解釈したくなります。なぜなら、女三の宮の「後るべうやは」の意味を理解できたのは、柏木だけだったからです。

「若菜」上下につづく「柏木」の帖もふくめて、これこそ小説の醍醐味を堪能させてくれる帖々でした。

第10章　雲居の雁と落葉の宮

光源氏の長男夕霧《ゆうぎり》は、母葵の上の生家で育てられました。祖父は左大臣から、太政大臣になった権門の人で、祖母大宮《おおみや》は故桐壺帝の妹です。生母には生誕後すぐ死別したとはいえ、このうえない環境で育ちます。

祖母大宮は母の顔も知らないこの孫を溺愛しています。

その大宮に、もう一人孫が預けられていました。かつての頭の中将、今は内大臣になっている長男の孫娘です。この姫君は、内大臣と王族出身の母君との間に生まれたのですが、その母君は内大臣と別れて按察使《あぜち》の大納言と再婚し、その間にたくさん子を産んでいます。大納言の子たちと一緒に育つのもどうかと思って、内大臣はその姫君を引き取って、大宮に預けたのです。

夕霧より、この雲居《くもい》の雁《かり》の姫君の方が二歳ほど年上なのですが、二人はこんなわけで幼い時から一緒に一つところで育ちましたので、仲がよく、姫君の方はいたって無邪気な方ですが、夕霧の方がませていて、いつのまにか、幼い恋をはぐくみ、大人並のことをしていました。女房たちは、薄々気づいていましたが、自分たちの落度になるので知らぬ顔をしていたのです。

ある日、内大臣が大宮を訪ねた時、内大臣は女房たちが、二人の仲を親の内大臣が知らないのを、

「賢そうな顔してらしても、親馬鹿ね」

などと噂しているのを聞いてしまいました。内心東宮妃にでもと考えていた内大臣はすっかり怒ってしまいました。監督不行届きだと、母の大宮に散々毒づいて、姫君を自分の邸に引き取ってしまいます。

元服して大学寮《だいがくりょう》に入った夕霧も、今では源氏が二条院の東院に学問所を造って、学識高い学者を迎え、勉強ばかりさせています。源氏も大宮が夕霧を猫可愛がりすることを警戒したのです。

仲をさかれて若い夕霧の恋心は、いっそう燃えるのでした。

源氏は自分の放埒《ほうらつ》は棚に上げて、息子の教育にはとても厳しい教育パパぶりを発

揮します。源氏ほどの身分の親の子なら、親の七光りで早々出世させることができるのに、源氏はそれでは実力がつかないといって、わざと位《くらい》も六位からはじめさせます。夕霧はとても不満ですが、それを父親に抗議するような勇気はありません。

大体この夕霧は、源氏と同じように、顔も覚えないで生母に死別しているのだから、読者の同情を買っていい筈なのに、あまり魅力的に書かれていません。常に傍観者の脇役なのです。とにかく堅物で真面目で融通《ゆうずう》がきかない。倫理道徳からいえば極めつきの優等生なのです。そこが面白くない。すったもんだのあげく、とうとう幼い恋を実らせて、初恋の雲居の雁と結婚しますが、その後も惟光《これみつ》の娘を一人愛人にしているだけで、他に浮気もしていません。

ところがこういう律儀者《りちぎもの》には子だくさんで、二人の女に、何と男六人、女六人の子を産ませています。何だかそんな点がおかしくて読者としてはつい笑ってしまいます。

『源氏物語』は光源氏を中心に多くの人間群の運命が詳細に書きこまれていますが、本当は、「主人公」は「時間」なのかもしれません。源氏の生前から、六十年近い生涯を経て、その死後、さらに二十年ほどの子孫の生活がつづきます。およそ八十年の時間がそこに流れているのです。

その時間の中で登場人物は、それぞれ、人生の喜憂を味わいつくして死んでゆきます。厳粛な時間の流れの中で、人の運命も翻弄《ほんろう》され変わっていきますが、人間そのものの関係と心も変わっていくのです。無常とは仏教の重い教えですが、常ならずということは、すべては移り変わるということです。

雀の子が逃げたといって、バタバタ走ってきて顔を真っ赤にして泣いていたあの可愛らしい若紫が、愛の苦悩と人生の虚《むな》しさ、人間の孤独を存分に味わって出家さえ願う人間に変わっていくのです。

夫に愛されなかった未亡人

そうして変貌していく人々の中で最も目を見張らされるのは、夕霧と、その妻の雲居の雁でしょう。

筒井筒《つついづつ》の幼い恋を、長い時間をかけて稔らせ、晴れて夫婦になってからは、雲居の雁は何の心配もなく、子宝にも恵まれ、人も羨む北の方としての生活を味わってきました。一人くらい愛人がいたところで、自分をおろそかにはしない夫なので、大目に見ています。あの可憐で素直だった初々しい姫君も、長い結婚生活に狎《な》れきって、妻の座にでんと座っています。いつのまにやら増えつづける幼い子たちの子育てに追われて、雲居の雁はお化粧もろくにする閑《ひま》がありません。というより、夫に対しての安心から、身づくろいやお化粧など、ついないがしろになってしまうのでしょう。

こんなに子供が生まれては、夕霧は通う夫ではなく、今は妻や子供と三条殿に同居しています。

ところが安心しきっていた石部金吉《いしべきんきち》だった夕霧に、突然異変が起こるのです。

柏木は望んでいた女三の宮を源氏に奪われた後、異腹でも姉妹だというだけで朱雀院の女二の宮を請《こ》い、結婚しています。女二の宮の母一条御息所《いちじょうのみやすどころ》の身分が低かったのと、朱雀院はなぜか女三の宮ひとりを偏愛していたので、女二の宮は柏木にすんなり降嫁《こうか》させたのです。

御息所は気位の高い人で、内親王は結婚などしないのがいいと考えていたので、この結婚には反対でした。

案の定、柏木は女二の宮の器量に満足せず、心の内では、妻の妹のことばかり恋いこがれている始末です。落葉のような人だという失礼な歌まで詠んでいます。そのため、読者はこの人を落葉の宮と呼ぶようになりました。個性のないおとなしい人で、自分の愛の薄い結婚生活に悩むところもありません。

柏木は臨終の時、さすがに妻らしく愛を与えなかった落葉の宮にすまないと思い、自分の死後、見舞ってやってくれと、親友の夕霧に頼みました。

律儀者の夕霧は、柏木の遺言通り一条の宮に落葉の宮を訪ね、たちまち一目惚れの恋をしてしまいます。優雅でもの静かなその邸のたたずまいが、いつでも小さな子供たちが、がやがやわいわい騒いでいる自分の邸とは別天地のように思えたのです。

今でも真面目男が、四十七、八歳で、突然若い女に血道をあげ、手のつけられないようにはめを外し、生活を狂わせてしまうという例はざらにあります。免疫がないとすべて病気は重いのです。

夕霧はもう二十八歳、結婚して十年になります。雲居の雁は三十歳です。今の感覚なら、四十も終わりというところでしょうか。夕霧のような男は、家庭は家庭、浮気は浮気として器用に使いわけができないのです。

落葉の宮の方は亡き柏木を愛していて、柏木の病気が重くなってからは、柏木が両親の家につれて帰られ、臨終にも逢わせてもらえなかったので、想いはいっそう残っています。

いくら夕霧が訪ねても落葉の宮とは逢えず、夕霧との応対はいつも母の御息所がしていました。そのうち御息所もまれにみる夕霧の誠実さに好意を持つようになります。気の長い夕霧は、しげしげと訪ねるばかりで、落葉の宮との仲は一向に進みません。それでも新しい片想いの恋に浮き浮きした気持ちがかくしようもないので

雲居の雁と落葉の宮

雲居の雁は源氏のライバル**頭の中将の娘**で、長男夕霧の正妻。夕霧は父親に似ず真面目男だが、親友**柏木の未亡人**落葉の宮を訪ねたところ、彼女に一目惚れしてしまう。

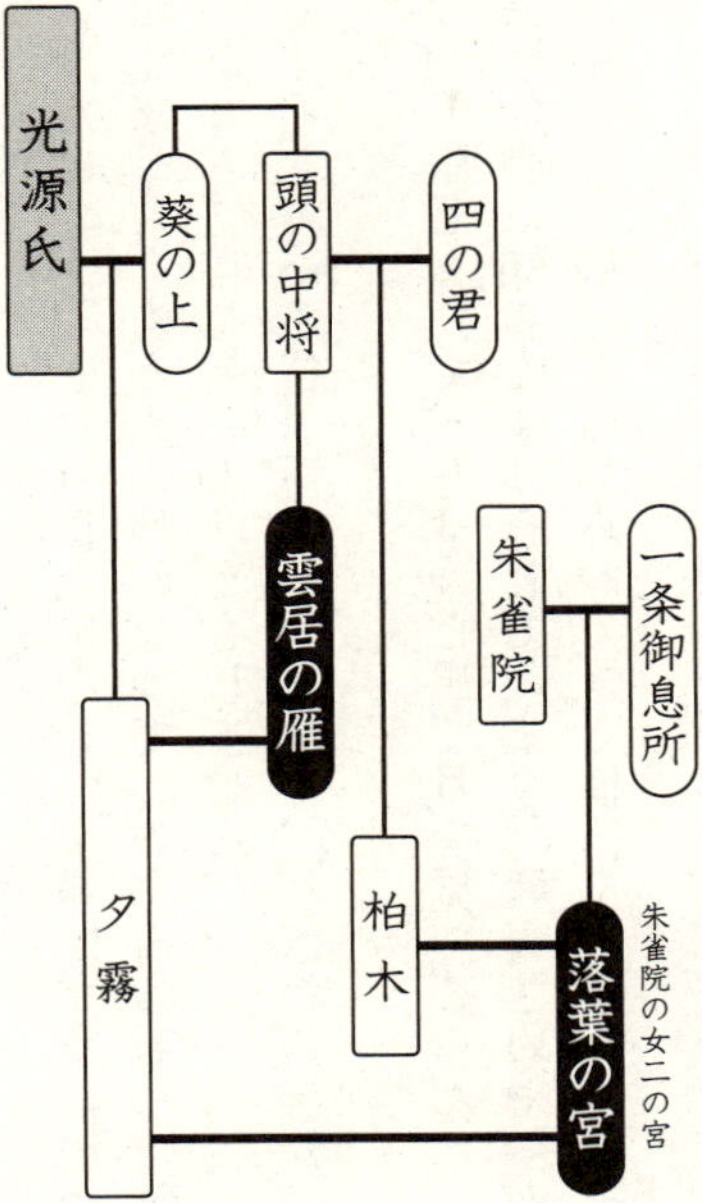

す。はじめて自分の弾く琵琶に、落葉の宮が御簾の向こうで琴を弾いて「想夫恋《そうふれん》」を合奏してくれたのです。それが訪ねはじめて、一年半も過ぎてからなのです。まだ一言も恋の想いも打ち明けていません。

平穏な結婚生活に馴れきった雲居の雁

合奏してくれたというだけですっかり有頂天《うちょうてん》になった夕霧は、家に帰っても興奮さめやらず、とても眠れません。もう人の噂になっている夕霧の新しい恋に気を悪くして、雲居の雁はわざとふて寝を装い出迎えもしません。

夕霧はもうすっかり下ろしてある格子戸《こうしど》を上げさせて、わざわざ自分で御簾を巻き上げて、

「こんないい月を見ないで眠るなんて、ちょっと出て月を見てごらん」

などと誘っても、雲居の雁は知らんふりをしています。興奮さめやらぬ夕霧は、とうとう今日柏木の形見として御息所にもらってきた横笛を出して、月を見上げながら吹きすましします。

今だって、外で浮気をした夫は、やましさをかくすためと、嬉しいことをしてきた名残りの興奮がおさまらず、いつもより饒舌《じょうぜつ》になったり、妻に急にやさしくなっ

たり、抱いてみたりするものです。

その横の部屋には大勢の子供たちが思い思いの寝相《ねぞう》で眠っている中で、女房たちもこみ合って眠っています。小さな子があどけない寝言をいったりしています。紫式部のこの場面の書き様はいかにも筆が弾んでいます。子供の夜泣きの声が聞こえてきそうに、情景が生き生き描写されているのです。

夕霧が少し寝入って、柏木の夢を見ていた時、小さな男の子がひどく夜泣きして、目を覚ましました。子供は乳を吐いたりするので、乳母も起きて騒いでいます。雲居の雁も灯火を近くに寄せ、額髪《ひたいがみ》を耳に挟《はさ》んで、泣く子を抱いてせわしなくあやしています。よく肥《こ》えているふっくらとしたきれいな胸をはだけて、お乳をふくませています。乳は出ないのだけれど気休めにあてがっているだけなのです。この場面は雲居の雁が意外に家庭的な女になっているのを知らせます。

夕霧も心配してそばに来て、どうしたのかと訊《き》きますと、雲居の雁は、

「あなたが若い人のように家の外をうろうろして、夜更けのお月見とやらで格子を上げたりするものだから、例の物の怪が入ってきたのでしょう」

と厭味《いやみ》をいいます。まさかと思っていたのに、それから一年が過ぎても夕霧の恋心は一向に冷めないのです。

一条御息所に物の怪が憑《つ》き、小野の山荘に養生に行きました。落葉の宮も一緒に

移ります。夕霧はその時も御息所の見舞いを名目に小野へ行き、あまりに重症で会えなかった病人の代わりに、落葉の宮の部屋へ見舞いと称して行き、ちょっとした隙《すき》に御簾の中に入ってしまいました。

この夜、夕霧は強引にそこに泊まってしまいますが、落葉の宮は心を開かず、全く相手にしません。結局、夕霧は目的を果たさないで帰っていきます。

その朝帰りの姿を、御息所の祈禱《きとう》に来た夜居《よい》の僧に見られて、夜居の僧がそれを御息所に告げました。もちろん、僧はすでに夕霧が落葉の宮に通っていると信じこんでいます。御息所は心配して、夕霧に苦しい病床から手紙を書いて出します。御息所は結婚第二夜と信じているのに、夕霧が翌日つづけて来なかったからです。

その手紙は字が鳥の足跡のようで読みづらかったため、夕霧が灯を引き寄せて判読しようとしていると、雲居の雁が背後からそっと近づいて、いきなりその手紙をひったくって取り上げてしまいます。この場面は『源氏物語絵巻』に取り上げられています。昔の人もきっと面白かったのでしょう。

丸谷才一さんはこのあたりを、歌舞伎でいえば世話物だとおっしゃっていますが、まさにその通りです。

大体、この夕霧と雲居の雁の子だくさんの家庭は、一流貴族の家庭というより、現代のわれわれ庶民の家庭のような乱雑で、それなりに温か味のある、いわゆる家庭的な雰囲気を感じさせます。雲居の雁も長い平穏な結婚生活に馴れきって、緊張感を欠き、夫を男というより、家具の一つのように馴染みきってしまった妻の不用意さを見せています。

取り上げたものの、すぐには読まないのが雲居の雁の育ちのよさでしょう。夕霧はその手紙は風邪をひいた花散里の君を見舞ったので、返礼によこしたものだとごまかして、取り返そうとしますが、雲居の雁は返しません。

「年月がたつにつれて夫をないがしろにして」

と夕霧がなじると、

「それはあなたのことでしょう」

といい返す顔が、若々しく可愛らしいと、紫式部は書くのです。この時夕霧が面白いことをいいます。

「自分のように相当な身分の者が長年たった一人の妻を守って、どんなに世間の嘲《わら》い者になっていることか。そんな融通のきかない野暮な男に大事にされても自慢にもならないだろう。たくさんの、夫の女たちの中で一番特別に扱われてこそ女冥利《おんなみょうり》というものだろうに」

というのです。男の勝手な論理ですが、どこかおかしい中に、一理あるような気がします。

雲居の雁が、前からそういうふうに馴らしてくれていたならいいのに、今突然、そんなに若返って、恋などされてはたまらないと文句をいうのも、何だかおかしい言い分です。雲居の雁はその手紙を渡さないけれど、夕霧が無理に平気を装って、手紙を探そうとしないのを見て、やっぱり懸想文《けそう》ではなかったのだろうと安心して、中味を読みもしないで、子供たちと一緒になって遊んでやり、人形遊びをしたり、本を読んでやったり、習字を教えたりしていそがしく、小さな子はそんな母君にまつわりついて着物を引っぱったりするので、かくした手紙のことなどけろりと忘れています。ここにもこだわらない大らかで明るい雲居の雁の性質がのぞきます。

手紙は無造作に座布団の下に突っこんであったのを、翌日になって夕霧はやっと見つけ、そのただごとでない内容に肝《きも》を冷やして、言いわけたらたらの返事を届けさせます。

御息所は、前日も返事さえよこさなかった夕霧の、失礼な仕打ちに逆上して、そのショックで死んでしまいました。

落葉の宮としては、母の死は夕霧の横恋慕《よこれんぼ》のせいだと思うので、ますます夕霧を嫌いになります。

ところが夕霧は、ここぞとばかり葬式を盛大にしたり、一条の宮邸を大修理したりして、恋の熱度はますます上がる一方なのです。冷淡にされればされるほど、しつこくつきまといます。どうもこれは今はやりのストーカーではないでしょうか。一条の邸に無理につれ帰られても、落葉の宮は塗籠《ぬりごめ》に畳を一つ入れて入ってしまい、自分はそこで暮らして、夕霧を拒み通します。

そんなことがつづいて、女房がついに塗籠の別の出入り口から夕霧を中に入れてしまったので、落葉の宮は逃れようもなく、夕霧はようやく目的を達しました。二十八歳の秋から、二十九歳の冬まで、思いつづけた夕霧の一徹さには驚かされます。あの浮気な源氏の息子によくもこんな、恋愛下手な野暮な男が生まれたものです。

ユーモア漂うサイド・ストーリー

夕霧と雲居の雁の間では、この件で派手なけんかがはじまるようになりました。この夫婦げんかの時の、雲居の雁が、一番いきいきして可愛らしく魅力的に書かれているのが面白いところです。紫式部は、雲居の雁を好きだったような筆つきです。

夕霧が日が高くなって三条の邸に帰ってくると、子供たちが喜んでかけよってきて父親にまつわりつきます。雲居の雁はふて寝して出迎えもしないので、夕霧がかぶっている着物をひきはがしてみると、

「お門《かど》ちがいでしょう。わたしはとっくに死んでしまいました。いつもわたしを鬼、

鬼とおっしゃるので、鬼になってしまったわ」

夕霧はすかさず、

「あなたは心は鬼よりひどいけれど、見たところは可愛いので、嫌いになりきれないんだな」

というのです。さすがに恋の道で長年苦労した甲斐があって、夕霧もなかなか乙《おつ》な返答ができるようになっています。あるいは源氏の血がここで生きたのでしょうか。こういうのを関西では口べっぴんといいます。雲居の雁は、

「どうせわたしは、飽きられた女だから、どこかへ消えてしまいます。思い出したりしないで下さい」

といって起き上がった様子は、

「愛敬《あいぎやう》づきて、にほひやかにうち赤み給へる顔いとをかしげなり」

とあります。愛嬌があって匂うように赤くなっている顔がたいそう可愛らしいというのです。雲居の雁はもう三十一歳になっていますが、年よりずっと若々しい気分と器量なのでしょう。その可愛らしい顔で、

「あなたなんかもうさっさと死んでしまいなさい。わたしだって死にます。あなたなんか見ると憎らしいし、声を聞くと腹が立つし、見捨てて先に死んでしまうのは気にかかる」

と怒ります。何という可愛らしい鬼の憎まれ口でしょう。夕霧ならずとも、こんな人を嫌いになれません。

それでも雲居の雁は、女の子三人、小さな男の子一人をつれて、里へ行ってしまいます。今は太政大臣となった父の大臣は、困ったことだと思いながらも、強《し》いて夕霧のところへ戻れとはいいません。落葉の宮は最愛の長男柏木の未亡人なのですから、夕霧の評判の色恋沙汰は大臣にとっては二重に不愉快な事柄なのでした。

夕霧が迎えに行ってもつんつんしていた雲居の雁も、やがては夫の邸に戻り、最後までつれそいます。

落葉の宮もあれほど嫌いぬいていた夕霧から月半分の愛情を受ける生活に次第にとけこんでしまうのでした。

第11章　宇治の大君と中の君

光源氏は最愛の紫の上が長い病気の末に死んでしまってから、がっくり力を落としてしまい、ふぬけのようになってしまいます。一度死にかかったあの大病以来、紫の上はずっと病気がちだったのです。その間、四年の歳月が過ぎています。

紫の上は病気中も、しきりに出家させてほしいと願ったのに、そのたび源氏は許しませんでした。

息を引きとってから、源氏は悲しさのあまり茫然《ぼうぜん》としながらも、かけつけた夕霧に命じて、

「長年出家したがっていたのに、叶えさせずに死なせてしまったのが可哀そうでな

らない。せめてあの世での仏の功徳《くどく》に、冥途《めいど》の闇の光となってくれるよう、出家させよう。剃髪《ていはつ》の用意をさせてほしい」

といって、まだ残っていた祈禱の僧に支度をさせ剃髪してやります。紫の上としては、どうせするなら生きているうちにさせてほしかったと思うところでしょう。

昔は咲き満ちた樺桜《かばざくら》の妖艶さにたとえられた紫の上は、病み衰えながらも、その死に顔は気高く清らかで、はじめて近々と見た夕霧の目には魂もくらむような美しさに映ります。源氏は紫の上の生前は、夕霧に美しい紫の上を見せまいとして、極端なほど用心したのに、近々と死に顔を見ている夕霧をたしなめることも忘れ、茫《ぼう》然自失《ぜんじしつ》しているのでした。

紫の上は四十三歳、源氏五十一歳の秋でした。その年も暮れ、春を迎えても、源氏の悲愁《ひしゆう》はやむことなく、人にも逢いたがらず、夜はひとり寝に馴れ、他の女君を訪ねても、紫の上の思い出だけを語り、泊まろうとはしないのでした。信じられないような源氏の変わり様です。

今となっては自分の出家に何の障《さわ》りもないのですが、女の死で悲嘆のあまり惑乱して出家したと、世間からいわれるのが恥ずかしいといっては、出家にふみきりません。紫の上の死後一年ほどは、実にめそめそしてだらしなく、ぼけたように泣いてぐちばかりいっていた源氏が、紫の上の八月十四日の一周忌が過ぎても、まだ出家しません。

源氏の女たちの潔い出家に比べて、源氏のこのだらしなさは何ということでしょう。

その年の暮れ、六条院でも仏名会《ぶつみょうえ》が行われました。これは十二月十九日から二十一日まで、清涼殿で行われる行事です。過去、現在、未来の三世の諸仏の名号《みょうごう》を唱えて罪障《ざいしょう》の懺悔《ざんげ》をする法会《ほうえ》です。院宮《いんぐう》や諸寺でも行われます。

源氏はこの日、紫の上の死後、はじめて人々の前に主催者として姿をあらわしました。原文は、

「その日ぞ出でゐたまへる。御容貌《おんかたち》、昔の御光にもまた多く添ひて、あり難《がた》くめでたく見えたまふ」

とあります。「幻《まぼろし》」の帖という紫の上の死後一年を書いた中で、源氏はぼけかけた老やもめの心細さとみじめさばかりを見せてきましたが、この時、昔の光り輝く美しさの上に、さらに一段と、さらなる美しさを加えて、この世のものとも思えない光り輝く源氏の君が、人々の眼前に立ったのです。三千の仏の御名を称《とな》える多くの僧たちの、怒濤《どとう》のような声のうねりを背景として、まさに源氏自身が仏に見まがう一瞬であったのです。おそらく人々は思わずその姿に合掌せずにはいられなかったことでしょう。

物思いに明け暮れ、月日の過ぎるのも気がつかなかったこの一年、わが生涯もついにこれで終わってしまったかという源氏の感慨で、この「幻」の帖は終わります。源氏はこの年、五十二歳でした。

もの思ふと過ぐる月日も知らぬ間に
　年もわが世もけふや尽きぬる

華やかな光源氏はこれで完全に舞台から去り、あとは題名だけで本文のない「雲《くも》隠《がくれ》」の帖で源氏の死を想像させます。

次の「匂宮《におうのみや》」の帖までの間に、八年の歳月が流れています。その間に源氏は出家して、嵯峨で数年暮らして死んでいるわけです。嵯峨で暮らした出家後の住まいは、今の大覚寺とも清涼寺ともいわれていますが、私は源氏の造営した御堂《みどう》と目されている清涼寺の方が落ち着きがいいように思います。

ここで光源氏の一代記の話は一応終わりますが、ここまでくると、私にはどうしても、光源氏よりも彼を取り巻く女の生涯のさまざまの印象が強く残るのです。そこで、紫式部は光源氏を狂言まわしのようにして、本当は「女たち」を書き分けたかったのではないかと思ってしまいます。

ともあれ、この後は源氏の血のつながった孫の匂宮と、表むき源氏の子、実は女三の宮と柏木の不義の子である薫が中心人物となってきます。

宿命のライバル

光源氏の死後、世の中は光が消えた闇のように淋しいという言葉があります。匂宮は源氏の血を受けて生来ドンファンで、陽気で明るい華やかな雰囲気を身につけています。ここでは兵部卿ですから、匂兵部卿《におうひょうぶきょう》の宮とも呼ばれます。薫はこの時中将です。

薫はなぜか体から生まれつきいい匂いを放つという特異な体質です。しかし原文では小さい頃の薫にそんな特徴があったとはありません。中国には香妃《こうひ》という生来いい匂いの体臭を持ったお姫様がいたという実例があります。博学の紫式部はそんなことも識っていたのかもしれません。

香妃の匂いは明らかにフェロモンで、性的誘いとなります。光源氏も、いつでもそれとすぐわかるえもいわれぬ芳香を身につけていたという描写がありましたが、これは金にあかして名香をブレンドしていたのでしょう。麝香《じゃこう》などは、性的誘引の効力がありましたから。しかし薫の匂いはあまりそういうエロチックなものではなかったようです。

匂宮は自分より少し年若の薫と、何でも張り合っていて、薫の体臭に負けない名香を源氏のようにブレンドして身につけていました。

二人の関係は、光源氏と頭の中将のようなライバル的友情に結ばれています。二人は幼い頃、六条院で一緒に育ち、遊び、行動を共にしていた仲なのです。二人とも六条院で生まれています。

昔から「匂宮」以下は、紫式部以外の作だといわれていました。俗に「宇治十帖《うじじゆうじよう》」と呼ばれているのは、「橋姫《はしひめ》」から「夢浮橋《ゆめのうきはし》」の十帖のことをいいます。その前にある「匂宮」「紅梅《こうばい》」「竹河《たけかわ》」は宇治の話ではなく、源氏の家系、頭の中将の家系、髭黒《ひげくろ》の家系のその後が説明的に書かれています。この三帖が、これまでと比べてどうも面白くなく文章も落ちるので、「宇治十帖」の作者は紫式部ではないという説が生まれたようです。

この三帖だけは後人が書き加えたのではないかと思われる節《ふし》もなきにしもあらずで、たしかに「橋姫」からはじまってもいいように思われます。しかし『源氏物語』五十四帖というのは、『更級日記』の作者菅原孝標《たかすえ》の女《むすめ》が読んだ時からすでに五十四帖あったのですから、作者の死後早くからこの三つの帖もあったということになります。

「そのころ世に数《かず》まへられ給はぬ古宮《ふるみや》おはしけり」ではじまる「橋姫」以後の「宇治十帖」は俄然《がぜん》面白くなります。面白さはまるで近代小説を読むようです。私は少女の頃、「宇治十帖」を読んでジイドの『狭き門』を紫式部が真似たかと一瞬思ったほどです。もちろん、ジイドが八世紀も後に生まれているのですから、むしろ、ジイドに『源氏物語』を読んだことがあったか訊《き》いてみたいほどです。筋立《すじだて》があまりに似ているのです。

男女四人の恋のかけひき

宇治には八の宮という世間から忘れられた落魄《らくはく》した宮が隠棲《いんせい》していました。

この人は源氏の異腹の弟宮で、源氏が須磨に流されていた頃、弘徽殿側では、藤壺と源氏の子の東宮を廃して、この八の宮を東宮にという陰謀があり、それに利用されました。源氏が返り咲いて以後は、すっかり立場をなくしてしまったのです。

源氏は復権後は自分の不遇時代に味方してくれた人々に対しては過分に引き立てましたが、反対側の人や、その勢力を恐れ、そちらにすり寄った人々に対しては、苛酷《かこく》なほど冷遇したり無視したりしました。当然、八の宮は、その対象に挙げられたわけです。この宮はおとなしくて自分としてはそんな野心の全くない人でした。

だからこそ弘徽殿側に利用されたわけで、むしろとんだとばっちりでした。

不幸は重なるもので、八の宮の京の住居が火事で焼失しました。厭気《いやけ》がさした八の宮は、その後宇治に隠棲してしまったのです。都から訪れる人もありません。この人は仏教に心を寄せ、ほとんど出家者のような暮らしをしていますが、二人の姫君があり、北の方も亡くなったので、その姫君たちのことが気がかりで出家はしていません。

その八の宮のところへ、京から薫の中将が時々訪れるようになりました。

薫は、何となく自分の出生の秘密に感づいていて、どことなく憂鬱《ゆううつ》で陰気な、ハムレット型の男になっていました。明るく派手な匂宮とは対照的な人物です。

薫は八の宮の清らかな俗聖ぶりの噂を聞き憧れ、宇治の山荘を訪れ、八の宮から仏教について学ぶようになります。八の宮は宇治山の阿闍梨《あじゃり》を師として仏教修行に励んでいます。真面目な求道《ぐどう》心の深い薫に、八の宮も好意と信頼を見せます。

こうして、三年の歳月が流れます。

晩秋の頃、薫が訪ねると、八の宮は山の阿闍梨の許《もと》に行き、山籠りして留守でした。

薫はその夜、月光の下、霧深い中で、二人の姉妹の姫君が琴と琵琶の合奏をしているのを覗《のぞ》き見してしまいます。その夜は姉の大君《おおいきみ》が父宮に代わって応対します。

ここに、柏木の乳母子《めのとご》の弁《べん》が、今は老女になって仕えていました。次に訪れた時、弁から薫は出生の秘密のすべてを告げられます。薫は二十二歳にして、はじめて本当の父母の、悲劇的恋の証《あかし》として存在する自分を知らされるのです。

この年、大君は二十四歳、中の君は二十二歳です。大君、中の君という呼称はこの姫君でも、長女は大君、次女を中の君と呼んだのです。薫は出生の秘密を知ると出家願望がますます強くなります。しかしその薫に八の宮は二人の姫君を託して山に入ってしまい、やがて山で亡くなります。

薫は実質的に姉妹の後見人になって、大君に恋をします。薫と大君は一夜を共にしますが、父宮に似て宗教心の強い大君は、薫を嫌いではないけれど、自分は出家したいと思っていて、妹の中の君と結婚してくれといいます。この夜は薫が大君の部屋にしのんでいって一晩中添寝《そいね》したのですが、薫は大君の気持ちを尊重して手を出しません。

その後、また姉妹の寝所に女房に手引きされますが、大君はいち早く気配を感じて逃げ、中の君は自分を見捨てて逃げた大君を恨みます。大君は物陰から様子をうかがっています。

薫はここでも中の君の気持ちを大切にして手を出すのを控えます。全く煮えきらない変な聖人君子です。それならはじめから女の部屋にしのんでなんかいかなけれ

宇治の大君と中の君

源氏の異腹の弟**八の宮の姫君**。表向きは源氏の子（実は女三の宮と柏木の不義の子）薫は姉妹の寝所に入っても手を出さない。一方、薫に姉妹のことを聞いた匂宮は、中の君をさっさと自分のものにしてしまう。

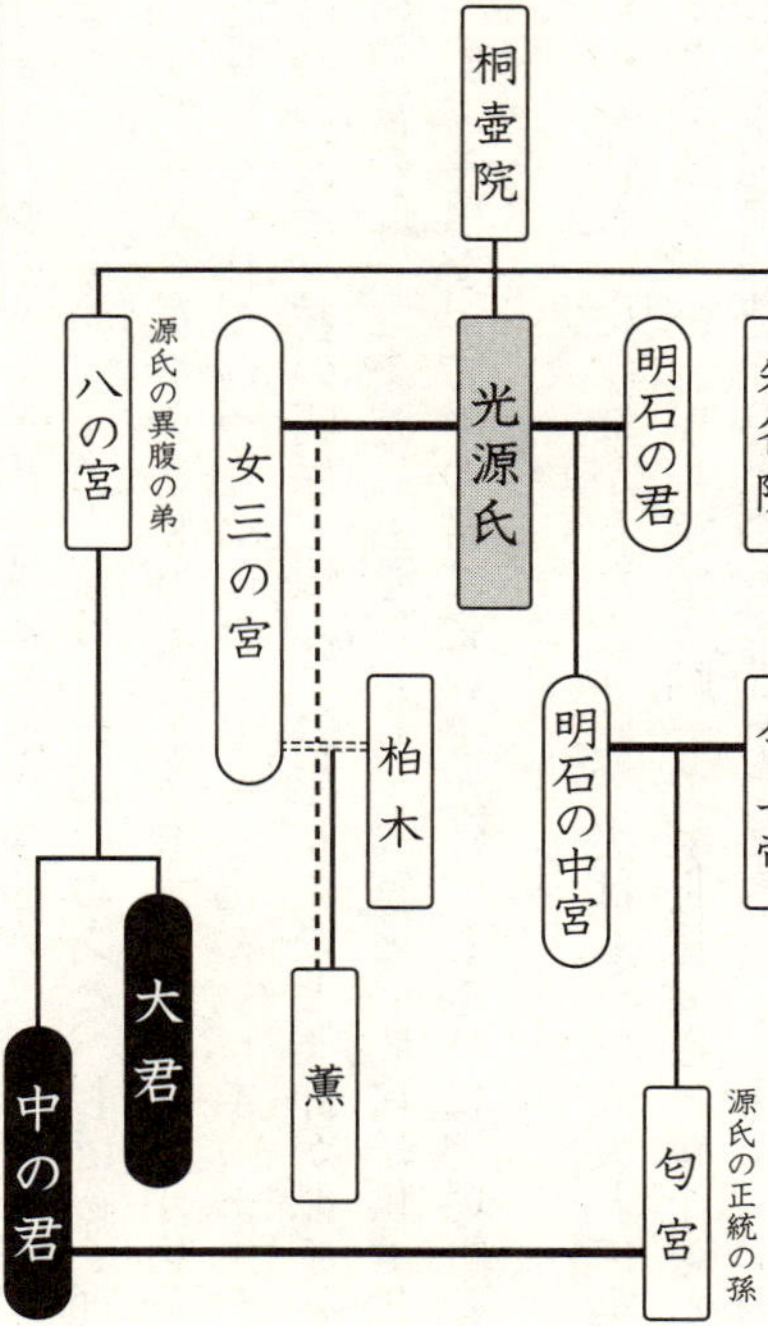

ばいいのに。

その後で薫は匂宮に姉妹のことを話し、ある夜、中の君の部屋に匂宮を手引きして、二人を結ばせてしまったのです。匂宮はもちろん、その場で中の君を自分のものにしてしまいます。

匂宮は母の明石の中宮から軽々しい遠出を戒《いまし》められて監視がきびしくなり、つづけて宇治に行けなくなってしまうのです。大君は三日通いのあと、しばらく通ってこなかった匂宮の冷淡さに憤《いきどお》り、妹のために嘆《なげ》き悲しみます。これも薫が自分の意見を聞かず、中の君を愛してくれなかったからだと恨んで死んでしまいます。ちょうど、一条御息所が落葉の宮と夕霧の関係を恨んで悶死《もんし》したのと条件が似ています。

結局、中の君は京の匂宮の邸、二条院に引き取られ、匂宮との間に子供も生まれ幸福になるのですが、薫は今になって中の君に想いをかけ、しきりにいい寄るようになりました。

中の君は困って自分の身代わりに、姉がしたように、実はもう一人大君に実によく似た妹がいることを教えます。それが「宇治十帖」で最も重要なヒロインとなり、『源氏物語』全体の中でも屈指の魅力的な女、浮舟《うきふね》なのです。

物語屈指のヒロイン

浮舟の母は、八の宮の北の方の姪に当たるのですが、その北の方の女房になって仕えていたのです。八の宮がそれに手をつけて、女の子が生まれます。ところが八の宮はこの子を自分の子として認知してやりません。全く謹厳なように書かれてきた八の宮に、こういう手落ちがあったことさえ驚きなのに、その子を認知しないという非情さは納得できません。八の宮という人はあまり聡明な印象を受けないのです。

今では浮舟の母は浮舟をつれ子として、東国の受領常陸介《ひたちのすけ》の妻になっています。夫との間にも子供を産んでいますが、とかく夫が継子扱いをする浮舟が不憫でなりません。夫が任期を終え京へ帰った時、浮舟に縁談がおこり、左近の少将と婚約しました。ところが左近の少将は結婚間際になって浮舟が庶子であると知り、この婚約を破談にして、常陸介の実の娘と結婚しようとします。常陸介の財産めあてだったので、実の子でないと困るわけです。

こんな屈辱を受けた浮舟が不憫なので、母はその頃、今を時めく匂宮の北の方になっている中の君を頼り、浮舟を預けました。中の君は大君に生きうつしの妹の出現を喜び、二条院にかくまいます。

ある日、偶然匂宮は浮舟を見つけて美しい女なのに驚き、その場で自分のものにしようとします。浮舟の着物と手をとらえた匂宮はぴったり添寝して迫りますが、浮舟は必死に抵抗します。そこへかけつけた浮舟のしっかり者の乳母が、その傍《かたわ》らに座りこんで、

「いけません、そんなことをなすっては」

と邪魔をし、引き離そうとするのですが、匂宮は平気で乳母を無視して、浮舟をあれこれ甘い言葉で口説きつづけ、名前を訊きだそうとしますが、浮舟は答えられません。さすがに鬼のような顔で睨《にら》みつけている乳母の目の前で荒々しく強姦することもできず、匂宮はいらだって乳母の手をつねり上げたりしますが、乳母は頑として巌《いわ》のようにそこに座りつづけ、二人から目を離しません。何とも滑稽な場面なのですが、当事者たちにとっては、三人三様必死でがんばっているわけです。

そんなことを匂宮ができたのは、中の君がその時、髪を洗っていたからなのです。あの長い髪を洗って乾かすには時間がかかり、匂宮といえども手持ち無沙汰だったからです。

まだ明るかった日が沈み、廊下には灯がともされはじめました。三時間ほど、三人が三すくみの状態でいるわけです。

その間に中の君に事態を知らせる女房もいます。

「ほんとに困ったものだ。何しろ、女房の中で、ちょっと若くて人並みの器量なら片っぱしから手をつける方だから」

と、中の君は浮舟を気の毒に思います。そこへ宮中から明石の中宮の御容体が悪くなったと報《しら》せが来ます。匂宮は、

「いつもの大げさな騒ぎなのだろう。すてておけ」

とうそぶいて、浮舟を離そうとしません。そのうち次々と報せが入り、中宮の御病気は相当だというので、匂宮は女に未練を残しながら、しぶしぶ浮舟を離し、お見舞いに出かけました。浮舟は全身汗みどろになり、気も失いかけています。乳母はその浮舟を扇でしきりにあおいでいます。

浮舟の母の方もこの日は受難日で、常陸介が、娘の婿入りという大切な日に、母親が外出するとは何事だと怒って、その声が女房たちのところまで聞こえるほどだったと乳母が浮舟に教えます。

この場面は『源氏物語』の中でも屈指の面白い場面でしょう。レイプ未遂の情況をこんなにこまかくリアルに書いたものはこれまでありませんでした。なぜか「宇治十帖」には、色事の際どい場面や、濃密な性愛の場面が気を入れて書かれています。その分もちろん、物語の面白さはいやまさるわけです。

たとえば、薫が匂宮の留守に中の君に恋情を訴え、御簾の中へ入りこむ場面があります。薫としては珍しく、その場でことを行おうとするのですが、中の君が腹帯をしているのに気づき、情欲を抑えこんでしまうという場面もあるのです。これは相当際どいところまで進んだ時でしょう。

当時の腹帯は着物の上に巻いたという説がありますが、そんなおかしなことがあるでしょうか。近藤富枝さんの衣裳考証の話では、女たちは素肌にすぐ袴をつけ、乳の下あたりに袴の紐《ひも》を結んでいるだけで、その上に幾枚着物を重ね着しても紐は使わないというのです。だから、動きも制限されるし、上に着ているものをさっと除かれればあとは袴だけ、上は裸ということです。まさか腹帯を衣裳の上にしめるわけはないでしょう。ことに及ぶ動作の途中でそれに気がつくということは、袴の上か下に巻いているのでしょう。

この後、中の君は下着まですっかり脱ぎ替えたけれど、体に薫の匂いがしみついていて、匂宮にひどく疑われるという話があります。ここなども、本篇にはついぞなかった露骨なシーンと描写です。

浮舟はまた母の手で三条の小さな家にかくされます。薫がそこを弁の尼に教えられて出かけていって、今度は珍しくその日のうちに浮舟を手に入れます。薫は浮舟の予想以上の美しさ、大君に似ていることを喜んで、宇治へつれて行き、山荘に囲います。それでも匂宮のように情熱的でない薫はめったに宇治まで出かけません。本当に読んでいていらいらさせられる冷静ですましやの男です。あの情熱一途《いちず》の純情な柏木の子とも思えません。しかしまた柏木の情熱ゆえに起こした数々の不幸を知り、これを反面教師として、薫はかくも自制的な男になったとも考えられます。どうも好色は今でも隔世《かくせい》遺伝の様相があるようです。源氏、夕霧、匂宮を並べても、その構図です。

さて、宇治に浮舟がいることを匂宮に感づかれてしまいます。匂宮がそれを手をこまねいてただ見ているわけはないのです。事件はいよいよクライマックスに入ります。

第12章　浮舟

京の中心地から宇治への道のりは、今では車なら一時間もあれば行かれますが、当時は嵯峨へ行くよりも、小野の里よりも遠く、木幡の山越えもあり、半日がかりでした。薫や匂宮は馬で行ったのです。

匂宮は皇太子候補の皇子ですから、その身分柄、粗末な身なりにやつし、馬で通うなど大変な冒険で、とんでもないはしたない行動なのです。案内は薫に縁故のある大内記《だいないき》です。夜に入ってから山荘に着きました。元の山荘のそばに新しい家を急造し、そこに女房たちもつけて浮舟は囲われているのでした。

匂宮は垣の一部を破って縁までしのびこみます。中では誰も来ないと思って不用心に開け放ち、几帳《きちょう》の帷《かたびら》も上げてしまって見通しです。宮には見覚えのある女童《めのわらわ》や右近と呼ばれていた女房が目につきます。どうやら話の内容で、明日はどこかへ物詣《ものもう》でへ出かけるらしく、その支度に着物など縫っている様子です。その奥の方にまぎれもないあの恋しい女の姿が見えます。やがて右近が仕事を切り上げ、眠くなったとつぶやき、みんな思い思いに寝てしまいます。

匂宮は格子《こうし》をそっと叩きます。

右近が聞きつけて「どなた」というのに、匂宮は咳払いをすると、右近は薫が来たのかと思って起きてきました。

「とにかく開けておくれ」

という匂宮の声は、薫の声に似せているので右近はすっかりだまされてしまいます。実に上手に造り声をして、低く小さい声なので聞き分けがつきません。もともと二人の声は似ていたのです。

「途中追剝《おいは》ぎに恐ろしい目にあわされたので、ひどい恰好になっているから灯を暗くしてくれ」

とおっしゃるので、右近は「それは大変」と、灯火を押しのけました。

「こんな姿を誰にも見せないでほしい。私が来たといって人を起こさないように」

といわれてすっと内に入ってしまわれました。右近は、恐ろしい目にあったとは、いったいどんな御姿になっているのかと同情して、物陰から覗いていると、柔らかな御召し物をしなやかに着て、芳《かぐわ》しい匂いもいつもに劣りません。女君の近くに寄って、御召し物を脱ぎ捨て、物馴れた様子で女君の横に身をすべりこませてしまわれます。「いつもの御寝間で」など右近が申しあげてもお返事もなさいません。夜具をさし上げて、そこに寝ていた女房たちを起こし、少し引き下がってみな寝てしまいました。お供の接待などはこちらではいつもしないことになっているので、「ずいぶん愛情深い今夜のお通いですこと、殿さまのこんなお気持ちが姫君にはおわかりにならないのですよ」

など、わけ知り顔にいう女房もいます。右近は、

「しいっ、喋らないで。夜中のひそひそ声はかえって耳につくものですよ」

と注意しながら寝入ってしまいました。

女君は、薫ではなかったと気がつくと、あまりのことに驚いてしまったけれど、相手は唇で唇をふさぎ声も出させません。あの遠慮のある二条院においてでさえ、あんな無体なことをなさった方だから、今夜は思いきって乱暴な扱いをなさいます。はじめからちがう人と気づいていたら、少しは何とかましな扱いようにできたかもしれないけれど、まるで夢を見ているような思いでいるうちに、次第にあの時の辛

浮舟

八の宮が北の方の女房に手をつけて生ませた娘。**大君や中の君の異腹の妹**で、とくに大君に生きうつしの美しさ。薫そして匂宮とも関係を持った浮舟は、二人の男の間で心が揺れ動き、苦悩の日々を送る。

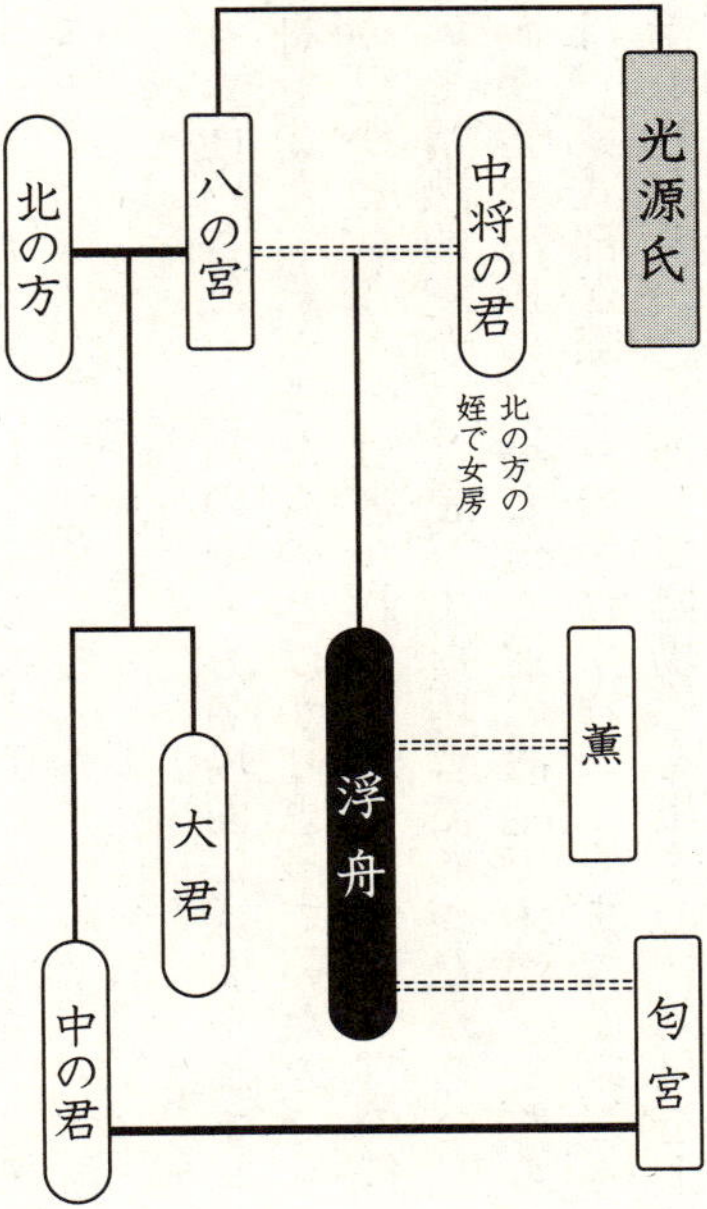

かったこと、あれから長い間どんなに想いつづけてきたことかなどとおっしゃいますので、この男が匂宮だとわかりました。女君はますます気がひけて、中の君のことなど思うと、たまらなく面目ない気持ちになり、泣きに泣かれます。

匂宮もこうして想いを遂げたばかりに、かえって、これから後、容易に逢いづらいことだろうと思うと、泣いておしまいになるのでした。こうしているうちにも、夜はたちまち明けてゆきます。


この場面の息もつがせぬ面白さは、全篇の中でも名場面に数えられましょう。右近だけでなく、浮舟もまた、薫が来たものとばかり思っていたのです。いつの段階で人ちがいと気づいたかということは書かれていませんが、匂宮の行為の手順が薫とは全くちがっていて情熱的、かつ性急、また巧者であったからでしょう。

空蟬と軒端の荻をまちがえた源氏の立場と全く逆の設定ですが、こちらの方がはるかに緊迫感があるのは、紫式部が際どさのすれすれの限界までふみこんでいるからです。女房たちの会話もリアリティがあって臨場感を出すのに効果を上げています。

「宇治十帖」がつまらないとか下手だという説もあるのですが、その人たちはこうした筆の冴えを何と批評するのでしょう。「若菜」にまさるとも劣らないのが「浮舟」の帖でしょう。

呆れたことに匂宮は翌日、帰ろうとせず居つづけてしまいます。

男は夜来て朝帰るのが、当時の恋のスタイルになっていたのに、匂宮のような高貴な身分の人が、女の許《もと》に居つづけるというのは、ルール違反も甚《はなは》だしいものです。つまりそれほど、昨夜の性愛に恋馴れた宮を満足させる歓《よろこ》びがあったということでしょう。そう想像することで、当時の読者はいっそう興奮し、読書の醍醐味を味わったものと思われます。

匂宮は居つづけをする心境を、このまま帰れば恋死《こいじに》もしかねない、何事も命あってのことではないかと考えます。

翌日、匂宮は右近を呼びつけて顔を見せ、今日は帰らないと宣言し、供の者は近くにうまくかくすように、腹心の時方《ときかた》ひとり京へ帰し、山寺へ籠ったとでも伝えるようにといいふくめます。右近はさぞかしびっくりしたでしょうが、皇子という最高の身分の人に向かって、とやかくいえる立場でもなく、昨夜の自分の気づかなかった失敗の方で心が動転していたのでしょう。

この時の右近の気持ちは、

「こうなった以上、じたばたうろたえ騒いだところで、取り返しのつくものでもないし、宮様に失礼にも当たるだろう。あの困った一件のあった時、深く執着なさったのも、こうして逃れることのできなかった前世の宿縁《しゅくえん》によるものだったのだ。人力で及ばない運命だもの」

と、書かれています。

人と逢うのも、結ばれるのも、別れるのも宿縁という考えで片づけるのが当時の人の習慣でした。人を口説く時も宿縁をたてにとって口説けば正当化されてしまいます。

ただ困ったのは、この日は、浮舟の母が迎えに来て、一緒に石山の観音へお詣りに行くことになっていたことです。それをどうしたらいいかと聞くと、匂宮は、自分はこの人への恋で馬鹿になってしまったから、誰に何といわれても平気だ。今日は物忌《ものい》みだとでもいえといって、とりあいません。

右近は思案して、家中の簾《すだれ》を下ろし、それに「物忌み」と書いた紙を貼りつけます。母君から車や馬で迎えが来たのに、「昨夜から月の障《さわ》りで穢《けが》れていますので初詣ではできません」という断りの手紙を持たせます。女の生理をこんなになまなましく小説の中に使ったのも、紫式部がはじめてではないでしょうか。

『源氏物語』の愛読者で、人に講義したほどの明治の女性の作家、樋口一葉は、もちろんこの場面を読んでいたでしょう。名作『たけくらべ』の美登利《みどり》の初潮を小説にとり入れたのは、女の生理も小説に書いていいのだと思ったからではないでしょうか。

その日は終日、二人で水入らずの睦《むつ》まじい時を共有します。浮舟はすでに、生真面目な、どこか堅苦しい薫よりも、情熱にまかせて思う存分のことをする匂宮の方に心惹かれているのです。

大野晋さんは丸谷才一さんとの対談の中で、浮舟が薫を「きよげ」といい、匂宮を「きよら」と評しているので勝負あったと見ていらっしゃいます。「きよら」の方が一等の美で、「きよげ」は二等の美だということです。

匂宮はこの時、美しい男女が一緒に寝ている秘戯図を描き、

「思うようにならず逢えない時は、この絵を見なさい」

と渡し、

「いつもこうしていられたら」

とおっしゃるのを聞くと、女君ははらはらと涙がこぼれるのでした。

何ともいろっぽい場面ですが、品が悪くならないのは作者の力でしょう。

匂宮は京へ帰り、病気といって誰にも会いたがりません。何も知らない薫が見舞いに来たのには会っても、いつものような冗談もいえず、気のひけるように立派な薫を見て、宇治の女は自分と比べて薫をどう思っているのだろうと、思いはすぐ浮

舟へと走ります。

揺れ動く心模様

月が変わり薫は宇治へ行きました。浮舟は気がひけながら、匂宮のひたすら情熱的だった愛撫を思い出さずにはいられないのです。一方、また薫とこれまでのような関係をつづけていかなければならないのかと思うと、つくづく情けなくなります。匂宮があれからずっと体調を崩しているということも気がかりでなりません。

薫は長い間訪ねなかった言いわけなどをするのも言葉少なで上品です。内心の悩みにせっぱつまっている浮舟の様子を見て、薫はしばらく逢わない間にずいぶん大人らしくなったと思います。

京都に浮舟を迎える家の造作がもうほとんどでき上がったなどと聞くと、匂宮からも落ち着いて逢える場所を見つけたと、昨日手紙でいってきたのを思い、浮舟は胸が一杯になります。それでも浮舟は匂宮に傾く自分の心は悪いのだと考えるのです。そう思う下から宮の先日のお姿が瞼《まぶた》に浮かぶのをどうしようもありません。

薫は今夜逢った浮舟が、女として成熟したことに気づき、

「いとようも大人びたるものかな」

と感心して、前にもましていとしさが増しています。これは匂宮によって女として開花させられた浮舟を、薫が気づかないでいるわけです。いい女になったと堪能している薫と肌を合わせながら、浮舟は匂宮の俤《おもかげ》を心に描いています。読者には両方のくいちがった心がわかるのです。小説の面白さを作者はほんとうに心得ていて、自在に筆をあやつっているのです。

匂宮はまた宇治に行きます。雪が降りつもっている中を、匂宮が夜更けて雪に難渋しながら、すっかり濡れそぼれて訪れたので、浮舟は感動します。右近はこんなことをしていては将来どうなることかと恐れながら、仕方がないのでもう一人若い女房を味方につけて、宮をお入れします。

匂宮は女君をさっさと抱き上げて用意させてあった舟に乗りこみました。右近はあわてて侍従をお供につけてやります。舟が宇治川を渡る時、女が心細がってひしと宮にとりすがって抱かれているのが、匂宮にはいっそういじらしくてなりません。

途中、橘の小島という横を通りすぎる時、女が詠んだ、

橘の小島の色はかはらじを
　このうき舟ぞゆくへ知られぬ

という歌から、この帖の名も、女の名も決まったのでした。

向こう岸に着くと、匂宮は女君を抱いたまま、用意した家へ入りました。腹心の時方の叔父のその家で、二人は二日間、誰はばかることのない愛をむさぼりつくしたのでした。

帰りも匂宮は浮舟を抱いて運びます。

「あなたが大切に思っているあの人だって、まさかこんなにはしてくれないでしょう。わたしの気持ちの深さがわかりましたか」

などといわれて、素直にうなずいている女を匂宮はたまらなくいじらしく感じます。

二人の男の間を心は揺れ動き、浮舟の苦悩は日とともに深まります。あんまり苦しい時は、あの匂宮の描いた抱擁《ほうよう》の絵をこっそり眺めては涙にくれるのです。薫は、はじめての男ではあるし、尊敬もし、世話になった義理もあるとわかっていながら、匂宮によって女の肉体の目覚めをさせられた官能は、匂宮を需《もと》めるのです。肉体と精神の乖離《かいり》、相剋《そうこく》が、浮舟を責めさいなみます。

匂宮とのことがついに薫に知られてしまい、薫は厳重な警戒網を張りめぐらします。身をやつし訪れた匂宮は、目の前に山荘を見ながら、薫の荘園の乱暴者たちにはばまれて、山荘には入れないですごすご引き返すというようなみじめな目にあわされます。

浮舟はそれを聞いて匂宮がおいたわしくて泣くばかりです。あの絵を取り出してはしみじみと眺め、それをお描きになった宮の手つきや言葉を思い出して、また枕の浮くほど泣いてしまうのです。もうこの身を消してしまうよりほか、この事態の収拾はつかないと思いつめてゆき、二人の男の手紙など破り捨ててしまいます。

次第に追いつめられて死ぬことしか考えられなくなる浮舟の悩みを、紫式部はこれでもかこれでもかというように、こまごまと切なく書きあらわしています。この浮舟の悩みをつぶさにたどってゆくと、女は身も心も匂宮に移っていることがわかります。けれども浮舟の素直でやさしい心が、薫への義理も心の底から捨てがたく思っていることも切々と伝わります。そこへ夢見が悪かったからといって案じてくる母の手紙も、哀切で心をうちます。

ここで「浮舟」の帖は終わりますが、終始息もつがせぬ面白さで、やはり「宇治十帖」、特にこの「浮舟」の帖がなくて、何の『源氏物語』かと思われる出来ばえです。

浮舟の出家

次の「蜻蛉《かげろう》」の帖では、すでに冒頭から浮舟の姿は見えなくなっています。

山荘では姫君失踪で大騒ぎしています。結局、荒々しい宇治川に昨夜のうちに投身自殺したのだろうと右近や侍従は思いますが、人には急病で亡くなったとごまかします。亡骸《なきがら》がないので着物だけを棺に入れ、僧を呼んで至極《しごく》簡略に荼毘《だび》に付《ふ》してしまいました。葬式など殊《こと》に念入りにする山里の人々は、それを不思議だと噂します。


実は浮舟は死ななかったのです。浮舟は向こう岸の宇治院という古い建物の、庭の大木の根元で半分死んだようになって倒れていたのを発見されたのです。そこには有徳《うとく》の横川《よかわ》の僧都《そうず》の、八十すぎの老母と五十ばかりの妹が、初瀬詣《はつせまい》りをした中宿《なかやど》りに泊まっていました。二人とも尼で、小野に庵《いおり》を結んでいます。初瀬の帰り老尼が発病したので、横川から僧都もかけつけてここに宿ったのでした。

発見された時、浮舟はただ泣くばかりで記憶喪失になっていました。一切のことは覚えていません。ただ激しく泣くばかりで、川に流してくれというだけなのです。妹尼は自分の亡くした娘が生き返ったように喜び、親身に面倒を見て、老尼も僧都の加持祈禱《かじきとう》で回復したので、浮舟を小野につれて帰りました。

それから、四、五か月もわずらって、一向に正気にならないので、横川の僧都が加持をして物の怪を追っぱらい、正気がいくらか戻りました。それでもまだ何も過去を思い出さず、

「どうぞ尼にして下さい」

というばかりでした。次第に落ち着いてくると、浮舟は母や右近のことを思い出し、死のうとしたほど恋しかった男たちのことは、ほとんど考えもしません。まわりにいるのは腰の曲がった醜い尼ばかりで、別の世界に来たようです。

浮舟はここで妹尼の死んだ娘の、婿の中将に見そめられ、いい寄られますが、うっとうしいばかりで心も動きません。

妹尼たちがまた初瀬へ出かけた留守に、たまたま下山のついでに立ち寄った横川の僧都に頼んで、浮舟は出家してしまうのです。この浮舟の出家の場面は「手習《てならい》」の帖にあるのですが、これまでの女君たちの出家の場面とはちがい、実にリアリティがあるのです。僧都が弟子の阿闍梨《あじゃり》に、

「御髪《みぐし》をおろしてさしあげよ」

と命じます。浮舟は鋏《はさみ》を櫛箱の蓋《ふた》に入れさし出し、自分で六尺もある髪を束ねて几帳の帷のとじ目から外へかき出すのです。その黒髪のことを、作者は少し前に、

長い病気で少しは抜けたものの、ほとんど前と変わらず、たいそう多くて六尺にあまる髪の裾などゆっさりとして、毛筋なども艶々《つやつや》と美しく、われながらいとおしいと思うほどだと、浮舟に述懐させています。その描写がここの落飾《らくしょく》の場で生きてきます。

鋏を持ったまま、あまりに惜しい美しい豊かな黒髪に、阿闍梨が圧倒されて、

「しばし鋏をもてやすらひける」

とあります。鋏を持ったまま、ためらったということです。

ここで僧都が自分の衣や袈裟《けさ》を、形ばかりでもと思う気持ちから浮舟に着せるという描写もあります。出家得度《とくど》する時は、剃髪《ていはつ》すると、俗服を衣に着がえ、戒師《かいし》から袈裟をいただき、その場でつけるのです。突然のことなので、そうした用意が一切なく、僧都が自分のものを貸してやったということで、ここなども創りものではないリアリティがあります。

また、

「親御のおられる方角に向かって礼拝しなされ」

と戒師の僧都にいわれた時、浮舟はどちらの方角に親がいるかわからなくて泣くという場面があります。出家の得度式の作法の中に、親に感謝して礼拝する場面があるのです。この世での恩愛の絆《きずな》はすべて断たねばならないのです。

この場面を読むたび、幾度読んでも私は自分の中尊寺《ちゅうそんじ》でした得度式をなまなましく思い出して、胸が一杯になります。自分の式では一滴の涙もこぼれませんでしたが、浮舟のこの場面で私は幾度泣いたことでしょう。

流転三界中《るてんさんがいちゅう》、恩愛不能断《おんないふのうだん》、棄恩入無為《きおんにゅうむい》、真実報恩者《しんじつほうおんしゃ》

というのが剃髪の偈《げ》です。

阿闍梨がここでもお髪を剃《そ》ぎわずらって、

「あとでゆっくり尼たちの手で直してもらって下さい」

というところがあります。額髪《ひたいがみ》だけを僧都が剃ぎます。その後、仏法僧《ぶっぽうそう》への帰依《きえ》の功徳《くどく》を説かれ、十善戒を授けられます。型通りの得度式が、ここでは簡単ながら正確に順序通り書きこまれています。藤壺の出家の時も、女三の宮の出家の時にも、かつてなかった描写です。浮舟に、

「すぐには許してもらえず誰もがとめる出家を、今こそ遂げたのだ。何という嬉しいことか、これでこそ生きてきた甲斐があった」

と、述懐させています。

何度も「手習」の帖を読み返すうち、はたと私は思い当たることがありました。

紫式部は、「雲隠《くもがくれ》」で光源氏の死を書いた後、いつか出家して、しばらくしてまた匂宮と薫を中心に物語を書きはじめたのではないかということです。

「宇治十帖」のはじまる「橋姫」の前に、「匂宮」「紅梅」「竹河」の三帖があり、それだけがどうしても浮き上がっていて落ち着かないのですが、これは後世の人が書きこんだとしても、「橋姫」以下「宇治十帖」は、紫式部の作だと私は思います。

女人成仏の悲願

紫式部は、実に多くの女たちをこの物語の中で出家させてきましたが、どの女もその時、源氏に相談していません。出家をした瞬間、女の心の丈《たけ》がすっと高くなるのを感じさせます。

私は紫式部は理智的な人で、仏教をよく勉強していたと思います。しかし仏教を素直に信仰する気には、教養が邪魔してなかなかなれなかったのではないでしょうか。それでも、男上位社会の中で、女が受ける苦悩や、人生の不条理の中で、女が救われる道は出家するしかないという方向づけだけはできていたのではないでしょうか。

藤原道長との仲は所詮《しょせん》、身分の差別によって、対等の愛は受けられないのです。

そのことの屈辱も、紫式部はたびたび骨身にしみて感じていたのではないでしょうか。浮舟の四十九日が過ぎると、匂宮も薫もたちまち他の女に色目を使いはじめます。なぜそれが浮舟の葬式の悲嘆のあとにつづいて書かれなければならなかったのでしょうか。所詮、男の愛とはその程度のもので、どんな情熱も自分本位だということを紫式部は思い知らされていて、それを女たちに訴えたかったのではないでしょうか。

あの向こう岸の家で二日間愛戯に酔いしれている最中、匂宮に、

「この女を一品《いっぽん》の宮（匂宮の姉）に女房として差し上げたら、さぞ見栄《みば》えがするだろう」

などと心の内に考えさせているのです。

女たちの出家への潔さ、そしてどの女も、出家後、後悔の色など見せてはいないのです。

あの朧月夜の君さえ出家して、はじめて源氏を下に見下す態度がとれたのです。それに比べて何と男たちのめめしいこと。源氏は出家したいと口癖のようにいいながら、最愛の紫の上の死後も、めそめそするだけで、なかなか出家できません。

薫は早くから、さも仏教に惹かれているという態度を見せながら、浮舟の生きていることがわかり、尼になっていることを知った時、手紙を持たせてやって、還俗《げんぞく》

させようと考えます。浮舟が手紙を見ず、つっ返したのを見て、「もしかしたら男がいて、かくまわれているのかもしれない」と憶測します。

これが長い長い『源氏物語』の幕切れなのです。突然断ちきられた『源氏物語』の向こうから、紫式部の哄笑《こうしょう》が聞こえてくるような気がします。

もしかしたら、「雲隠」以後は、道長の命令ではなく、自発的に書き、天皇や中宮の御前で読むということはなかったのではないでしょうか。本篇よりはエロチックな描写がいきいきしているのは、そのせいかと思われます。もちろん、これは小説家の、そして尼になった私の全く個人的で無責任な妄想かもしれませんけれど。

尼になった者がエロチックな描写をするなんてと、眉をひそめる方は、仏教の本質を御存じないのです。真実の仏教とは限りなく心が自由になるということです。何を書いても、それに捕われない自由な心こそが仏教の本質なのではないでしょうか。

紫式部は仏教に帰依してもなお物語を書きつづけたことで、救われていたのではないでしょうか。『源氏物語』の底には、女人成仏《にょにんじょうぶつ》の悲願がかくされ流れているように私には思われてなりません。

『源氏物語』関係系図

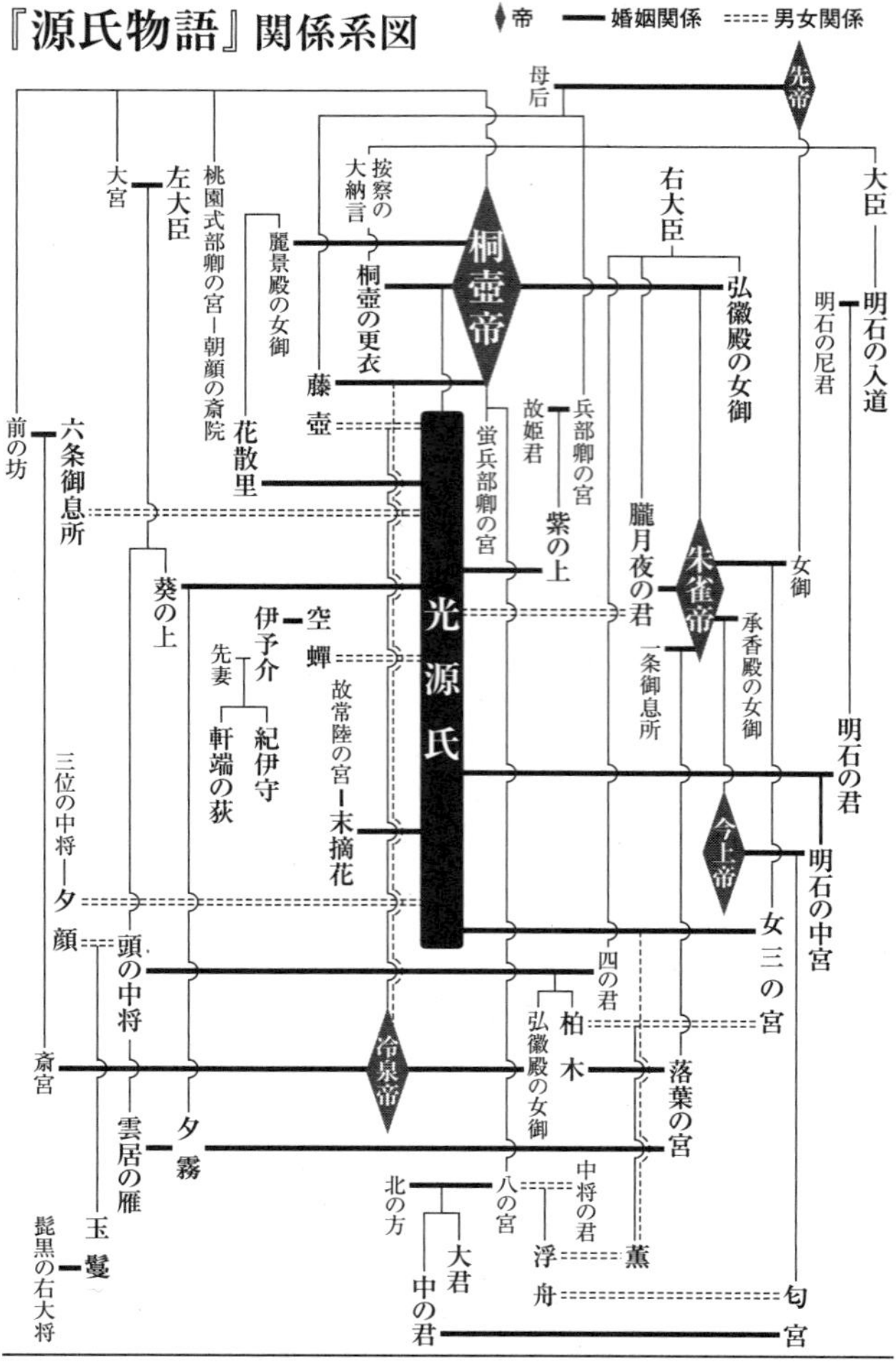

帝
婚姻関係
男女関係
先帝
母后
大臣
明石の入道
明石の尼君
明石の君
明石の中宮
右大臣
弘徽殿の女御
朧月夜の君
四の君
女御
承香殿の女御
一条御息所
朱雀帝
今上帝
女三の宮
落葉の宮
匂宮
桐壺帝
按察の大納言
桐壺の更衣
麗景殿の女御
花散里
藤壺
蛍兵部卿の宮
兵部卿の宮
故姫君
紫の上
八の宮
北の方
大君
中の君
中将の君
浮舟
薫
大宮
左大臣
桃園式部卿の宮
朝顔の斎院
前の坊
六条御息所
斎宮
光源氏
葵の上
夕霧
雲居の雁
頭の中将
柏木
弘徽殿の女御
冷泉帝
空蟬
伊予介
先妻
紀伊守
軒端の荻
故常陸の宮
末摘花
三位の中将
夕顔
玉鬘
髭黒の右大将

内裏の図

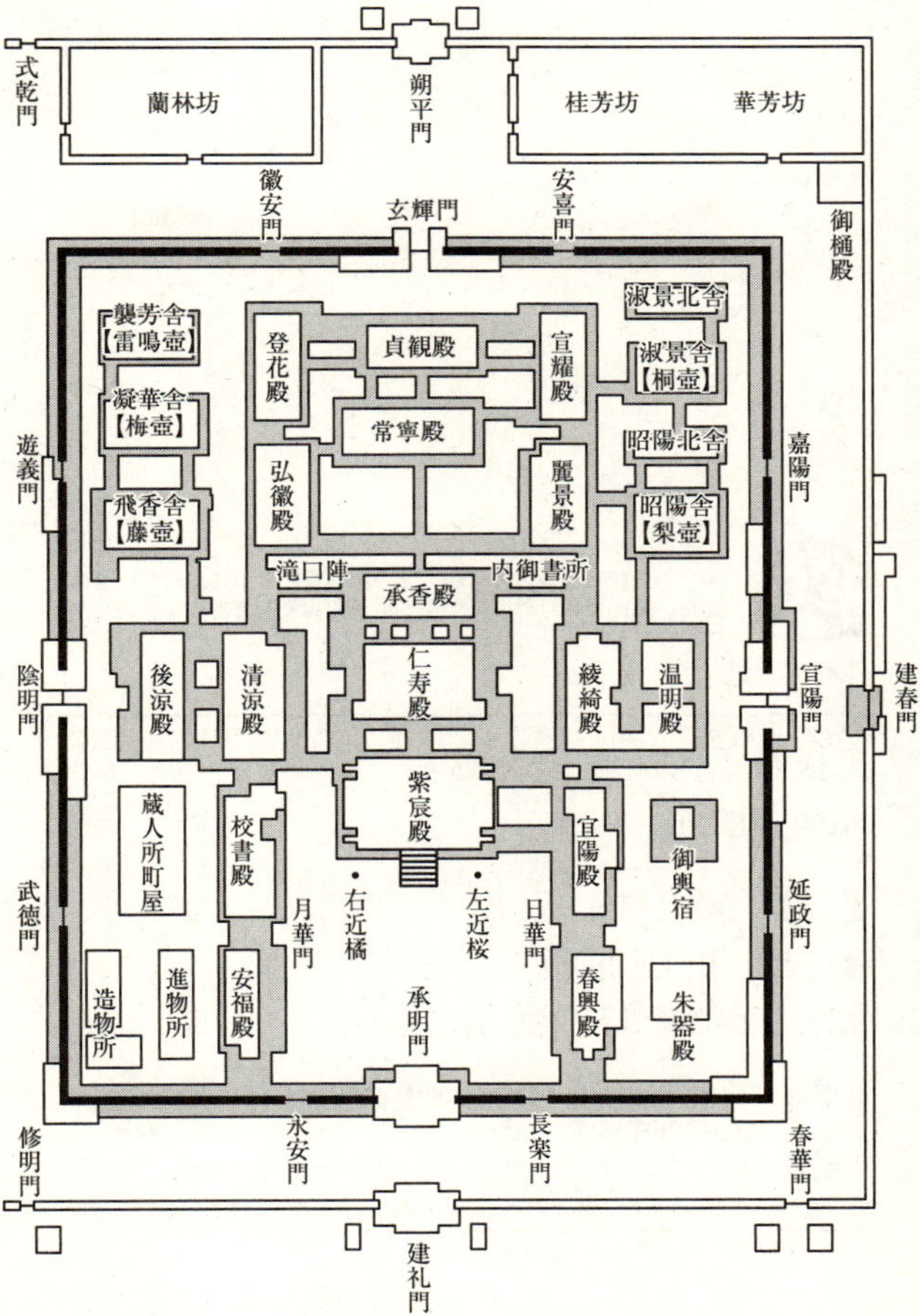

式乾門
蘭林坊
朔平門
桂芳坊
華芳坊
徽安門
玄輝門
安喜門
御樋殿
淑景北舎
襲芳舎【雷鳴壺】
登花殿
貞観殿
宣耀殿
淑景舎【桐壺】
凝華舎【梅壺】
常寧殿
昭陽北舎
遊義門
弘徽殿
麗景殿
嘉陽門
飛香舎【藤壺】
昭陽舎【梨壺】
滝口陣
内御書所
承香殿
陰明門
後涼殿
清涼殿
仁寿殿
綾綺殿
温明殿
宣陽門
建春門
紫宸殿
蔵人所町屋
校書殿
宜陽殿
御輿宿
右近橘
左近桜
武徳門
月華門
日華門
延政門
進物所
造物所
安福殿
承明門
春興殿
朱器殿
修明門
永安門
長楽門
春華門
建礼門

文春文庫

源《げん》氏《じ》物語《ものがたり》の女君《おんなぎみ》たち

定価はカバーに表示してあります

2018年8月10日　第1刷

著　者　瀬《せ》戸《と》内《うち》寂《じやく》聴《ちよう》

発行者　花田朋子

発行所　株式会社　文藝春秋

東京都千代田区紀尾井町 3-23　〒102-8008
TEL　03・3265・1211㈹
文藝春秋ホームページ　http://www.bunshun.co.jp

落丁、乱丁本は、お手数ですが小社製作部宛お送り下さい。送料小社負担でお取替致します。

印刷・萩原印刷　製本・加藤製本

Printed in Japan
ISBN978-4-16-791125-6